昇華《しょうか》

機捜235
MOBILE INVESTIGATION UNIT 235

今野 敏

光文社

昇華

機捜２３５

装丁　泉沢光雄
カバー写真　iStock.com/d_morita

1

午後四時頃、基幹系の無線で、強盗事件の発生が告げられた。

高丸卓也《たかまるたくや》と縞長省一《しまながしょういち》は、ともに受令機のイヤホンでそれを聞いた。現場は、世田谷区成城《せいじょう》六丁目だ。

徳田一誠《とくだいっせい》班長が言った。

「シマさんたちも行ってくれ」

それを受けて縞長がうなずき、高丸がこたえた。

「235、向かいます」

二人は駆け足で駐車場に向かい、コールサイン「機捜《きそう》235」の覆面パトカーに乗り込んだ。

助手席の縞長が、ハンドルを握る高丸に言った。

「定年間際の身には、駐車場に駆けてくるだけでもきついですね」

「老け込むにはまだ早いですよ。左右確認して」

「右よし、左よーし」

高丸は渋谷《しぶや》署の駐車場から車を出した。

高丸たちは機動捜査隊員で、普段は渋谷署内にある分駐所にいる。渋谷署員と間違われがちだが、機動捜査隊は警視庁本部所属の執行部隊だ。

「急行するので、赤色灯《せきしょくとう》を」

高丸が指示すると、縞長が「了解」とこたえる。年齢は、縞長のほうがずっと上だが、ペア長は高丸だ。機捜隊員としての経験は高丸のほうが長いのだ。

マグネット式の赤色警光灯をサイドウインドウから出してルーフに取り付ける。サイレンを鳴らして緊急走行する。

強盗事件となれば、時間が勝負なのだ。ぐずぐずしていると、犯人は遠くへ逃走してしまう。

受令機では、警視庁本部から所轄署に対して、緊急配備の指示が流れている。所轄は、成城署だ。

「絶妙な時間に、強盗をやってくれましたね……」

高丸はそうつぶやいた。

「まったくです」

縞長が言う。「この時刻なら、第一当番の231と第二当番の232、非番の我々235がそろってますからね」

機捜は四交代制だ。第一当番が朝八時半から午後五時十五分まで、第二当番が午後三時半から翌日の朝九時半までの勤務となる。

第二当番が終わると明け番あるいは非番と呼ばれそのまま休みとなる。その翌日は公休といって一日休みだ。

午後四時頃は、第一当番も第二当番も勤務中ということになる。今日はたまたま非番の高丸たちも分駐署にいた。

ちなみに、四交代は警視庁だけで、他の道府県警はほとんど三交代だ。近隣の県警の連中から、「警視庁は楽でいいな」などと言われることがある。だが、実情は、四交代も三交代もそれほど違わない。事件が起きれば当番非番に関係なく呼び出されるからだ。

受令機ではなく、車載無線に入電した。

「こちら、機捜231。現着《げんちゃく》」

大久保実乃里《おおくぼみのり》巡査の声だ。

助手席に大久保がいて、運転しているのがもう一人の乗員の篠原克樹《しのはらかつき》警部補だということだ。

機捜231には、徳田班長が乗り込むこともあるが、今日は分駐署にいる。

「機捜231。こちら警視庁。了解」

縞長が無線のマイクを取って言った。

「こちら機捜235、ただ今開局。現着まで十五分」

すぐさま通信指令センターから返答がある。

「機捜235。こちら警視庁。了解」

大久保の声も返ってきた。

「機捜235。こちら機捜231、了解」

受令機のイヤホンで聞いていたのも、今マイクで呼びかけたのも、「基幹系」と呼ばれる無線帯だ。

受令機では「基幹系」の中の「方面系」を聞いていた。そして、今開局したのは同じ「基幹系」の中の「捜査専務系」だ。

捜査専務系は、刑事たち捜査員が使うチャンネルだ。普段、高丸たち機捜隊員が使うのもこの捜査専務系だ。

三軒茶屋《さんげんぢゃや》で国道２４６から世田谷通りに入った。そのとき、縞長が「あれ？」と声を上げた。

高丸は尋ねた。

「どうしました？」

「高丸さん、あれ、何だと思います？」

縞長が指さしたのは、少し前を走行するシルバーグレーのセダンだった。一目見て覆面パトカーだとわかる。

仕様が機捜車とほとんど同じなのだ。

「機捜車ですかね……」

「でも２３１はもう現着しているんでしょう？」

「他の班かもしれませんよ」

高丸と縞長は「ですます調」で会話している。いつしかそうなっていた。

一時期、ペアなのだからと、つとめてタメ口で話をしていたことがある。そのほうが、早く打ち解けられると思ったのだ。

だが、いつしか「ですます調」に戻っていた。そのほうが自然だと、お互いに気づいたのだ。

高丸は、年上の縞長に対して丁寧な口調で話すべきだと感じていたし、何より、縞長の捜査員としての実力を知るにつけ、尊敬の念が強まったのだ。

一方、縞長は、機捜隊員としての経験が豊富でペア長である高丸に敬意を表しているようだ。

……というか、縞長は誰に対しても「ですます調」なのだが……。

「カーロケナビ、見てみます」

高丸は言った。

機捜車には、通信指令センターと直結しているカーロケーションナビ、通称カーロケナビを搭載している。

被疑者の氏名などの文字データや、捜索する車両の画像データなどを映し出すことができる便利なものだが、さらに便利な機能としてチームナビがある。

近くにいる警察車両を表示してくれるのだ。

高丸は画面をチームナビに切り替えた。

「近くに機捜車はいませんね」

チームナビには「きそう２３５」などと車両のコールサインが表示されるのだ。

縞長が言う。

「でも、あれ、覆面車ですよね。あ……」

「何です？」

「あの車、赤色灯がルーフの中央に電動で出てくるタイプです。機捜車じゃないですね」

機捜車の赤色警光灯は、先ほど縞長がやったように、窓から出して磁石でルーフに装着するタイプだ。

「あ、これかな……」

高丸は言った。「『けいし９３２』……。九百番台って、何でしょう……」

縞長が言う。

「三桁の頭が9なのは、警備関係ですよ」

「警備がなんであんな車両に……？」

「さあ、わかりませんねえ。でも……」

「でも、何です？」

「どうやら、行き先は私らと同じらしいです」


現場は車が一台ようやく通れるような路地に面したリサイクルショップだった。

所轄の成城署の地域係の姿がある。

午後四時二十五分に、縞長が「現着《げんちゃく》」を無線で告げた。

そのとたんに、無線から大久保の声が聞こえてきた。

「至急、至急。こちら機捜231。被疑者のものと思われる車両を発見。追尾中。現在位置、成城二丁目。成城通りを南に向かっています」

高丸は縞長と顔を見合わせた。縞長が無線のマイクを取る。

「警視庁ならびに機捜231。こちら機捜235。成城二丁目に向かいます」

高丸はすでに車を出していた。

「機捜231および機捜235。こちら警視庁。了解」

「警視庁ならびに機捜231。こちら機捜232。向かいます」

第二当番の機捜232だ。

成城通りに入ると、チームナビに「きそう232」が見えてきた。少し離れて、まだ「けいし932」がいる。

「こちら機捜231。機捜235と機捜232は、成城六間《ろっけん》通りに迂回《うかい》願います」

大久保の声だ。その指示に従うしかない。

縞長がこたえる。

「機捜231。こちら機捜235、了解。成城六間通りに入ります」

すぐに分岐点がやってきた。

「機捜231。こちら機捜232、了解」

機捜232も、高丸たちと同様に成城六間通りにやってくる。

高丸は、カーロケナビを見ながら言った。

「砧《きぬた》小学校の信号を右折して都道3号に入ります。うまくすれば、対象車の前に回り込めます」

縞長が「はい」と返事をする。

そのとき、無線から男の声が流れた。

「もうじき現着するから、機捜さん、逃がすなよ」

高丸は言った。

「今の、何です」

縞長がこたえた。

「捜査専務系の無線で、コールサインを名乗らないのは、捜査員でしょう」

「じゃあ、捜査一課の刑事ですね」

「たぶん」

高丸は、信号を右折した。すぐに成城通りとの交差点だ。対象車と、それを追う機捜２３１がやってくるはずだ。

……と思っていると、その二台が目の前を通り過ぎた。

高丸は言った。

「追います」

縞長が無線で連絡する。

「警視庁および機捜２３１。こちら機捜２３５。対象車両と機捜２３１を目視しました。追尾します」

「機捜２３５。こちら警視庁、了解」

対象車両は紺色のハイエースだった。現在その車を、機捜車三台が追っている形だ。

高丸は言った。

「このまま都道11号を行くと、国道２４６にぶつかりますね」

縞長が言った。

「直進か、右折か、左折か……」

無線からまた先ほどの捜査員らしい男の声がする。

「間に合わない。機捜さん、確保頼む」

「あ……」

高丸は言った。「丸投げか……」

そのとき、大久保の声がした。

「機捜235。こちら機捜231、次の分岐を左折願います。機捜232は、このまま追尾されたし」

「分岐を左……」

高丸はつぶやいた。

縞長が無線で応じる。

「機捜231。こちら機捜235。了解。左折します」

それから縞長は高丸に言った。「大久保さん、対象車両が246を左折すると読んだようですね」

「根拠があるかどうかわからないけど、今は大久保に従うしかないですね」

「対象車両を挟み撃ちにしたいんでしょうが、大久保さん、度胸あるなあ。私なら、他の車に左へ行けなんて指示はできませんねえ」

「大久保の読みに賭けるしかないです」

細い道の先に、国道246が見えてきた。

「あれだ」

縞長が声を上げた。「紺色のハイエースがやってきます」

高丸は言った。

「246に合流して、鼻先を押さえます」

「気をつけてください」

高丸は、国道246に入った。対象車両の前に出る形になる。

「ぶつけられるのを覚悟で、停止させましょう」

高丸が言うと、縞長が両手でシートにつかまった。

そのとき、無線から大久保の声が聞こえた。

「機捜235。停止せずに、対象車両の前を走行してください」

縞長が言った。

「無茶をするなということですね。前後を挟んで逃げられないようにするんです」

「わかりました」

高丸は大久保や縞長に言われたとおり、対象車両の前で走行を続けた。

縞長が無線で連絡を取る。

「機捜231。こちら機捜235。了解しました。このまま走行します」

すると、背後から大久保の声が聞こえてきた。拡声器だ。

「紺色のハイエースの運転手さん。車を左に寄せて停車してください」

大久保はそれを何度か繰り返す。

強盗犯は必死のはずだ。交通違反の取り締まりみたいな呼びかけに応じるだろうか。

高丸は、ルームミラーで対象車両を見ながらそう思った。

ともあれ、対象車両に追い越されることなく、このままガソリンが尽きるまで走り続ける覚悟だった。こうなれば根比べだ。

だが、対象車両を前後で挟んでの走行は、そう長くは続かなかった。対象車両が大久保の指示に従ったのだ。

次第に速度を落とした紺色のハイエースは、やがて道の端に車を寄せて停止した。

高丸は、機捜235をその前に停《と》めた。ハイエースの後ろには機捜231が、右脇には機捜232が停車した。

無線から声が聞こえる。

「こちら機捜232。当該車両には三人が乗車。繰り返す乗車は三人」

強盗犯は三人組だということだ。

「機捜232」

大久保の声が聞こえる。「こちら機捜231。了解」

「で、どうする？」

機捜232に乗っている牧瀬《まきせ》亮太《りようた》巡査部長の声だ。大久保がこたえる。

「監視しつつ、待機します」

「さっき、身柄確保しろと言われなかった？」

「待機します」

大久保はそう繰り返し、さらに無線で呼びかけた。

「警視庁。こちら機捜231。対象車両を確保。現在位置は、国道246の二子橋《ふたごばし》交差点付近」

「機捜231。こちら警視庁。そちらの現在位置はカーロケで確認。待機、了解」

それからほどなく、後方からサイレンが聞こえてきた。やってきたのは、覆面車だ。

先ほど見かけた「けいし932」かと思ったがそうではなかった。捜査員が乗った捜査車両だった。

三台の捜査車両が停車し、中から計六名の男たちが降りてきた。

無線から声が聞こえる。

「一班、二班、三班、現着」

やはり、「機捜235」のようなコールサインを使わない。先ほどの無線も彼らだったようだ。

捜査一課の捜査員たちだ。

紺色のハイエースを取り囲んだ六人の捜査員の中の誰かが大声で言った。

「おい、機捜さんも手を貸してくれ」

機捜235の高丸、縞長、機捜231の大久保と篠原、機捜232の牧瀬と喜多川康平《きたがわこうへい》巡査長、計六名が捜査員の指揮下に入る。

三人の強盗犯は、十二人もの警察官を見て抵抗を諦めた様子だ。混乱もなく全員確保できた。

被疑者たちは、それぞれ捜査車両に乗せられた。

捜査員の一人が大久保に言った。

「機捜231ってのは、君か?」

「はい」

「名前は?」

「大久保実乃里巡査です」

捜査員はうなずいてから言った。

「将来の志望は?」

「特殊犯捜査です」

「ＳＩＴか。そりゃ望みが高いな」

捜査員は去っていった。

高丸は大久保に言った。

「ＳＩＴを志望しているなんて、初めて聞いたぞ」

「でしょうね。今初めて言いましたから」


機捜２３１と機捜２３２は、そのまま密行を続ける。

密行というのは、覆面車で担当地域を巡回することだ。

高丸たちは明け番なので、取りあえず分駐所に引きあげることにした。被疑者確保の後は緊張が解けて、運転が不注意になりがちだ。

高丸はそれを意識してハンドルを駆っていた。

明治《めいじ》通りを走行し、もうじき渋谷署というときに、縞長が言った。

「あ、高丸さん。あれ……」

前方に、また謎《なぞ》の覆面パトカーが見えてきた。チームナビを見ると、やはり「けいし９３２」と表示されている。

縞長が言う。

「私ら、尾行されているんですかね？」

「まさか……」

高丸は言った。「尾行なら、後ろにいるはずでしょう」

「そりゃまあ、そうですが……」

見ていると、その車も渋谷署の駐車場に入っていった。高丸は、規定の位置に機捜235を停めると、車を降りて謎の覆面パトカーに近づいた。

縞長があとについてくる。

運転席から男が降りてきた。その男が言った。

「よう。高丸。やっぱり機捜車に乗っていたのはおまえか」

高丸は「あっ」と声を上げた。

「大月《おおつき》……」

「久しぶりだな」

縞長が高丸に尋ねた。

「知っている人ですか?」

「同期の大月公《こう》です」

大月は、縞長に礼をした。

機捜235あるあるなのだが、たいていは縞長のほうがペア長だと思われてしまう。大月もそうだろうと、高丸は思った。

「階級は巡査部長か?」

「そうだ。おまえもだろう?」

「でも、おまえ、機動隊にいたんじゃなかったのか?」

「ああ。今でも機動隊だよ」

「じゃあ、何で覆面車に乗ってるんだ？」

そのとき、縞長が「あ、そうか」と言った。「機動隊の遊撃捜査部隊ですね。だから、コールサインの頭が9だったんだ……」

大月はうなずいた。

「おっしゃるとおりです。警視932は、第三機動隊所属の遊撃捜査部隊です」

2

「機動隊は肉体派だろう。密行という柄じゃないと思うが……」

高丸が言うと、大月がこたえた。

「まあ、たしかに徹底的に体を鍛えるな。だが、機動隊は肉弾戦専門というわけじゃない。ＳＡＴやＮＢＣテロ対応専門部隊なんかの、特殊部隊もある」

「水難救助隊や山岳救助隊もありますね」

縞長が言った。「それに、機動隊は最近、多角的運用部隊の機能を持つようになったんですよね」

「そうです」

大月がこたえた。「多角的運用部隊には、白バイに乗って交通の取り締まりに当たる自動二輪部隊、通称黒バイの遊撃捜査二輪部隊。我々覆面パトカーの遊撃捜査部隊。そして、徒歩で警らに当たる遊撃警ら部隊があります」

高丸は言った。

「へえ……。交通部や刑事部から文句が出そうだな。人の仕事を取るなって」

大月が肩をすくめる。

「あくまでも俺たちはサポートだよ。だから、たいていは警察署に派遣される。今回、俺たちは渋谷署の警備課に間借りしている」

縞長が言う。

「あ、それで私らと行動がダブっていたんですね。ひょっとして、成城の強盗事件に臨場《りんじょう》しました?」

「基幹系の無線を聞いて現場に向かいましたが、機捜さんたちを見かけたんで、現着はしませんでした。我々、警備系の無線でしたので、連携が取れなかったんです」

「そりゃ意味がないなあ……」

縞長が言った。「遊撃捜査部隊って、その名のとおり捜査に参加するわけですよね? だったら、無線も捜査系を使わなきゃ。我々機捜と連携できないと、密行している意味もないですよ」

大月は叱《しか》られた子供のような表情になった。

「つい習慣で、警備系に周波数を合わせていました。今後は、捜査系で開局するようにします」

「あ、いや……」

縞長が言った。「偉そうなことを言って申し訳ない。私はただ、感じたことを言ったまでで……」

大月は縞長のことを「エラい人」だと思っているようだ。高丸は、しばらくそう思わせておくことにした。

大月が高丸に言った。

「じゃあ、俺たちは警備課に行くから……」

隣の東原《ひがしばら》がぺこりと頭を下げた。

「ああ、じゃあな」

高丸と縞長は、機捜の分駐所に向かった。


「機動隊が機捜みたいなことをしてるなんて、知りませんでした」

高丸が言うと、縞長がこたえた。

「私も、つい最近知ったんですよ。警備部のやることなんて、なかなか耳に入ってきませんよね」

二人は分駐所で帰り支度《じたく》をしていた。すでに午後六時を回っている。貴重な明け番に事件が起きてしまった。残り時間を有効に使いたいと高丸は思った。

「大月さんって、強そうでしたよね」

「学生のときから柔道をやっていたんです。ガッコウ時代はまったくかないませんでした。まあ、機動隊はそんなやつばかりですけどね」

「人数が多く、よく訓練されているので、手が足りなそうなところに駆り出されるんでしょうね」

「そんなことより、早く帰りましょう。貴重な明け番ですよ」

「そうですね」

二人は渋谷署をあとにした。


翌々日の五月十五日は、高丸たち機捜235が第一当番だった。八時に出勤すると、分駐所に来客のようだった。見覚えがある。

高丸は縞長に言った。

「あれ、特殊犯捜査第一係の葛木《かつらぎ》係長ですよね？」

「そう」

葛木進《すすむ》係長とは、以前爆弾テロ絡みの事案でいっしょになった。彼は、安永智代《やすながともよ》分駐所長と何事か話をしている。

「何の話でしょう？」

高丸が尋ねると、縞長が首を捻《ひね》った。

「さあて……」

そこに、大久保と篠原がやってきた。第二当番が終わり、彼らは明け番となるのだ。

篠原が徳田班長に報告した。

「機捜231、第二当番を終了しました」

「ごくろう」

徳田班長がそう言ってから、大久保を見た。「先ほどから、お客さんがお待ちかねだ」

彼女は怪訝《けげん》そうな顔をする。

「客……？」

安永所長が大久保に言った。

「ＳＩＴの葛木係長からお話があるそうよ」

「え……？」

大久保は目を丸くした。

葛木係長が言った。

「機捜２３１に乗務しているんだね？」

大久保は気をつけをしてこたえた。

「はい」

「一昨日《おととい》の成城の強盗事件では活躍したな」

「いえ、自分は無線連絡を担当していただけで……」

「その無線を聞いていた」

「は……？」

「強盗犯が人質を取ったりしたら、我々の出番なのでね。捜査系の無線で経緯を見守っていた。

君の指示はとても的確だった」

「いえ、そんな……」

「何よりよかったのは、先走らなかったことだ」

「先走らなかったこと、ですか？」

「捜査員は、君たち機捜に被疑者確保を頼んだ。そういう場合、勇み足をしがちだ。だが君は、冷静に対象車両を追尾し、なおかつ、仲間にも無茶をしないように指示した」

「発見した対象車両を見失いたくなかったんです。確保の前にとにかく追尾だ、と……」

「そして、対象車両を停止させた後、同僚の機捜に対して、待機を指示した。私はそれに感心したんだ」

「いえ……。犯人が三人いましたので、自分らだけでは不安だっただけです」

「現着した強行犯係の連中も感心していた。立派な状況判断だった」

大久保は困った様子で、曖昧《あいまい》にうなずいている。何を言っていいのかわからないのだろう。

それを救うように、安永所長が言った。

「この子、特別な能力があるんです」

葛木係長が興味を引かれたように聞き返した。

「特別な能力……？」

「ええ。例えば、何か事件が起きて捜査本部ができたりすると、捜査員は貝のように口を閉ざすでしょう」

「そうですね。部外者に捜査情報を洩《も》らしたらクビですから」

「でも、この子、聞き出してきちゃうんですよ」

「ほう……」

「捜査員はなぜか彼女には警戒心を抱かないようで、普通にしゃべっちゃうんですね」

「それはたしかに、特別な能力かもしれない」

「本人はまったく特別のことだと思っていないようですけど……」

葛木係長が大久保に尋ねた。

「そうなのか？」

「はあ……。だって、みんな訊《き》けば話してくれるんで……」

安永所長が言う。

「ですから、この子は特殊班でも役に立つと思いますよ」

その言葉を聞いて、高丸は驚いた。

所長はＳＩＴに大久保を売り込んでいるのだ。

葛木係長が言った。

「それは頼もしいな」

大久保はいったい何が起きているのか理解できていない様子だ。

葛木係長が安永所長に言う。

「お邪魔しました。またいずれ、改めてお話しにうかがいます」

それから彼は、大久保に「じゃあな」と言った。大久保が礼をすると、葛木係長は分駐所を出ていった。

「おい、すごいじゃないか」

そう言ったのは、大久保の同乗者である篠原警部補だ。「おまえ、ＳＩＴに引っぱられるかもしれないぞ」

大久保はまだぼんやりした顔のままだ。

「はあ……」

「はあじゃないよ。大金星じゃないか」

「そうですかね……」

機捜は捜査一課への登竜門と言われている。特に若い隊員の中には、機捜を足がかりにして、刑事部の花形である捜査一課に上がりたいと考えている者が少なくない。

高丸もその一人だった。

捜査一課でなくてもいい。知能犯専門の捜査二課でも、盗犯担当の捜査三課でもいい。捜査員として活躍したいと考えている。

だから、正直言って心穏やかではなかった。

ＳＩＴは捜査一課の中にある。

今では、Ｓｐｅｃｉａｌ Ｉｎｖｅｓｔｉｇａｔｉｏｎ Ｔｅａｍの略だと言われることが多くなったが、そもそもこれはあるキャリアの勘違いだったそうだ。

本来は、捜査のＳ、一課のＩ、特殊班のＴでＳＩＴだったのだ。

高丸は大久保に言った。

「おまえ、うれしくないのかよ」

大久保がこたえた。

「わかりません」

「だって、現場で捜査員にも言ってたじゃないか。特殊犯捜査係を志望しているって」

「ああ、あれ、出まかせだったんです」

「出まかせ？」

「爆弾犯の件で、特殊犯捜査係といっしょに仕事をしたでしょう？　そのときの印象が残っていたんで、どこが志望だと訊かれて咄嗟《とっさ》にこたえてしまったんです」

「そんな……。じゃあ、行きたくもないのに、引っぱられるかもしれないってことだよな」

「あ、でも、行きたくないわけじゃありません。興味はありますし……」

捜査一課を熱望している高丸とは温度差がある。それが腹立たしかった。

徳田班長が安永所長に尋ねた。

「正式な打診とか、あったんですか？」

「ないない。近くに用があったんで寄ったって言ってたわ」

「それ、額面どおり受け取れないですね」

「まあ、大久保をチェックしに来たのは明らかよね」

「チェックですか……」

大久保が言った。「何だか品物みたいですね」

徳田班長が大久保に言った。

「異動となれば大事だ。部下になるかもしれない人物を事前にチェックしておくのは当然だな。俺でもそうする」

安永所長が言った。

「もし大久保がいなくなったら淋《さび》しいけど、私としては巣立っていく者を止めることはできない」

「もう異動が決まったような口振りですが……」

徳田班長が言う。「可能性はどの程度なんです?」

安永所長があっけらかんと言った。

「私にわかるはずないわ」


密行に出ると、助手席の縞長が言った。

「先を越されたような気分なんでしょうね?」

「何のことです?」

高丸はわかっていながらそう尋ねた。

縞長が言った。

「高丸さん、捜査一課志望なんでしょう?」

「機捜は登竜門ですからね」

「私はもう、捜査員をやろうなんて思いませんがね。機捜が気に入っています」

「シマさんの場合はちょっと違いますよ」

縞長は刑事をやっていた経験が長い。

本人は、だめな刑事だったと言っている。周囲に迷惑をかけたこともあるそうだ。

だが、そのだめ刑事が、見当《みあ》たり捜査員になってから変わった。縞長は、「背水の陣」だったと言っている。

つまり、刑事としてもう後がなかったのだ。見当たり捜査で実績を出さなければ辞めるしかない。そこまで追い詰められていたのだ。

そして、縞長は結果を出した。現在、その経験を機捜で遺憾《いかん》なく発揮している。犯罪者の顔を記憶している、密行でこんな強みはない。

「まあ、機捜に私みたいな定年間際は滅多にいませんからね」

「先を越されたから悔しいとかいうんじゃないんです」

「違うんですか?」

「大久保がもし、特殊班に行くことを希望しているんなら、俺は祝福するし応援もします。でも、あいつ、そうでもなさそうだったじゃないですか」

「そうでもなさそう? そうですかね?」

「特殊班を志望してるって現場で言ったのも、出まかせだったたって言ってましたし……」

「たぶん、大久保さんは、そういう人なんですよ」

「そういう人……?」

「あまり、自覚がないというか……。それが彼女のよさなんだと思います」

「自覚がないのは長所じゃなく欠点でしょう」

「自分の気持ちにゆっくり気づく人もいるんですよ。だけど、やる気とか情熱とかがないわけじゃない。そういう人って、他人からすると一歩引いているように見えますけど、引いてるわけじゃないんです」

「捜査員が彼女についしゃべっちゃうのも、そのせいですかね?」

「そういう人は自分から前に出ていかないので、聞き上手ですからね」

「なるほど……」

そのとき、車載無線から声が流れた。

「こちら警視９３２。ただ今、開局しました」

「あ……」

縞長が言った。「あの機動隊の覆面、捜査専務系で開局しましたね」

高丸は言った。

「連絡を取ってみましょうか？」

「わかりました」

縞長がマイクを取った。「警視９３２。こちら機捜２３５。感度ありますか？」

「機捜２３５。こちら警視９３２。メリットファイブです。どうぞ」

メリットファイブは感度良好ということだ。

「現在位置を教えてください」

「渋谷署の駐車場を出ました。明治通りを走行中。機捜２３５の後方です」

高丸はルームミラーを見た。

縞長は振り向いている。

たしかに、二台の車を挟んで後方にシルバーグレーのセダンが見える。

縞長が言った。

「警視９３２。そちらを視認しました」

「機捜２３５。こちら警視９３２。密行に同行させてください」

高丸が縞長に尋ねた。

「どういうことでしょう?」

「どこかに駐《と》めて、話を聞きましょうか」

「そうですね」

渋谷橋で右折して、恵比寿《えびす》駅を越えてしばらく行ったところで、縞長が無線で連絡した。

「警視932。こちら機捜235。左に寄せて停車してください」

「警視932、了解」

高丸が車を停めると、警視932がそのすぐ後ろに停車した。

高丸と縞長は車を降りた。警視932から大月と東原も降りてきた。

高丸は尋ねた。

「密行に同行したいって、どういうこと?」

大月は、縞長を見て言った。

「あまり経験がないので、同行していろいろ学ばせていただこうと思いまして……」

縞長が高丸に言った。

「これはいいことじゃないですかね」

別に異存はない。

「そうですね。いざというとき、機動隊は役に立つかもしれないし……」

大月が縞長に言った。

「制圧なら任せてください」

縞長が言う。

「じゃあ、我々のあとをついてきてください。連絡は捜査専務系で……」

「わかりました」

「あ、それから」

高丸が言った。大月が聞き返す。

「何だ?」

「機捜235のペア長は縞長さんじゃなくて、俺だから」

「え……?」

大月が目を丸くして高丸と縞長を交互に見た。

高丸は運転席に戻った。

3

街を流しはじめると、警視932はぴたりと後ろについてきた。普段、他の車といっしょに密行をすることなどないので、高丸は落ち着かなかった。

「何だか、追尾されているみたいですね」

後ろを振り向いてから、縞長が言った。

「たしかにそうですね」

「覆面パトカーが二台連なって走っていちゃ意味がないですね。目立つでしょう」

「一般の人は、覆面パトカーなんてあまり気にしていませんよ」

「気にしている人が問題なんです」

「え……？」

「機捜車を見て覆面パトカーだとわかる人って、マニアか犯罪者でしょう。そういう人が連なって走っている覆面パトカーを見たらどう思います？」

「さすが、機捜が長いだけありますね。私は覆面車がどう見られているかなんて、考えたこともありませんでした」

「無線があるんだから、つるんで走る必要はないんですよ」

「でも、今日は特別ですよ。大月さんたちは、私たちの一挙一動から学ぼうと必死なんじゃないですか？」

「そういうやつなんですよ」

「真面目《まじめ》だってことですか？」

「クソがつくほどね。そして、向上心が強い」

「それは警察官として、とてもいいことですね」

「程度によりますがね……」

何度か方面系の無線で事案の発生が流れたが、いずれも高丸たち機捜235の現在位置から遠く、他の機捜車が向かうことになった。

二時間ほど密行を続け、昼の十二時近くに渋谷分駐所に引きあげることにした。縞長がその旨を告げると、大月からの返事があった。

「機捜235。こちら警視932。了解しました。我々も渋谷署に戻ります」

機捜235を地下の駐車場に入れると、警視932もやってきて駐車した。

助手席から降りてきた大月が高丸に言った。

「いやあ、ずっと緊張していたけど、なんか拍子抜けだなあ」

高丸はこたえた。

「たった二時間じゃ何もわからないよ」

「職質とかやらないのか？」

「俺たち、自《じ》ら隊じゃないんだ」

「無線にも応じなかったな」

「他の機捜車が向かったからな」

縞長が言った。

「何もないのはいいことですよ。私らが忙しいということは、それだけいろいろな事件が起きているということですからね」

大月が縞長に言った。

「午後も同行させていただいてよろしいですか？」

「もちろんだ」

高丸が言った。

「じゃあ、午後一時にここで」

「了解だ」

大月がこたえる。

高丸と縞長は機捜の分駐所へ、大月と東原は渋谷署の警備課に向かった。

分駐所にやってくると、いきなり安永所長に呼ばれた。徳田班長がいっしょだった。

「あら、この時間は第一当番だけか……」

第二当番、つまり夜勤の機捜236はまだ来ておらず、非番の機捜231はすでに帰宅している。機捜232は公休だ。

「知ってのとおり……」

安永所長が言った。「衆議院解散による総選挙の日程が、四月三十日火曜日の閣議で決定されました。五月二十一日公示、六月二日投票……」

もちろん高丸はその日程について知っていた。高丸だけではない。警察官なら誰もが知っているはずだ。

安永所長の話が続く。

「ついては、新堀《しんぼり》第二機動捜査隊長名で通達がありました。選挙に際して、関係各部署および関係諸機関からの要請に従い、相応の措置を取ること」

警察らしいお役所言葉だ。安永所長はそこで短い間を取り、さらに言った。「つまり、頼まれたら助っ人に行けってことよね」

それを補足するように、徳田班長が言った。

「総選挙となれば、捜査二課、公安部、そして警備部も忙しくなる」

縞長が言った。

「地域部や交通部もそうですね。街頭演説なんかで人員整理しなけりゃなりませんし……」

徳田班長がうなずいた。

「そういうわけで、どこから応援要請があってもおかしくはない。だから、そのつもりでいてくれ」

高丸と縞長は声をそろえて「了解しました」とこたえた。

徳田班長がさらに言った。

「第二当番の機捜236に申し送りしておいてくれ。俺は231と232に知らせる」

「じゃ、よろしくね」

そう言うと安永所長は、自室に戻っていった。


午後一時に警視932の大月・東原ペアと合流して、高丸たちは密行に出た。再び渋谷分駐所に戻ってきたのは午後三時頃のことだった。

機捜236の梅原《うめはら》と井川《いがわ》がやってきたのは、午後三時十分頃のことだ。高丸たちは引き継ぎを行い、新堀二機捜隊長の通達を伝えた。

すると、梅原が言った。

「最近は、何があるかわからないからな」

元首相が殺害されたり、現首相が襲撃されそうになったことはまだ記憶に新しい。

高丸は言った。

「街頭演説のときに、地域課の手伝いをやらされるかもしれないな」

「二課が選挙違反の疑いで事務所なんかにガサをかけるときに手伝わされるかもしれない」

「いや……」

縞長が言った。「選挙係のガサは、専門性が高いので、我々機捜にお呼びがかかることはないでしょう。それにガサはたいてい、選挙が終わってからのことですし……」

「警備部のＳＰもプロ中のプロだ。俺たちが応援に行っても足手まといになるだけだろう」

高丸は縞長に言った。

「……ということはやはり、地域部あたりの手伝いですかね」

井川が言った。

「それって、非番や公休のときに呼び出しがかかるってことでしょうか」

梅原が言った。

「それ、事件が起きたら当たり前のことじゃないか」

「そりゃまあ、そうですが……」

高丸は言った。

「呼び出しの回数が増えるかもしれないな」

「それは嫌だなあ。選挙なんて、早く終わってほしいですね……」

縞長が笑みを浮かべて言った。

「同感だね」

密行は夜勤の機捜236に任せて、高丸と縞長は報告書などの書類仕事を始めた。

高丸は隣の席の縞長に言った。

「大月たちが、明日の夜勤にも付き合うと言っていましたね」

「夜の密行は、あまり経験がないでしょうからね」

「夜勤の忙しさを実感してもらいましょう」

「そうですね」

実際には、事件が夜に起きるとは限らない。盗犯関係、特に空き巣狙いは昼間に起きることが多い。

だが、放火や傷害、性犯罪といった強行犯はやはり夜のほうが多いし、酔漢の騒ぎなどによる呼び出しもある。

その雰囲気を大月に味わってほしいと、高丸は思った。

報告書を徳田班長に提出すると、高丸たちは帰宅の途についた。


翌日は午後三時過ぎに分駐所に出勤し、第一当番の機捜232から引き継ぎを受け、密行を始めた。

今日も警視932といっしょだ。

高丸は、担当である第三方面、つまり渋谷区、目黒《めぐろ》区、世田谷区を流していた。

「シマさん」

高丸は言った。「今日は、指名手配犯は見つかりませんか?」

「そうそう見つかるもんじゃありませんよ」

機捜235は、明治通りから駒沢《こまざわ》通りを右折し、恵比寿駅を過ぎて鎗ヶ崎《やりがさき》の交差点に差しかかろうとしていた。

そのとき、下北沢《しもきたざわ》の駅構内で人が争っているという一一〇番通報があったという無線が流れた。

高丸は言った。

「ちょっと離れてますが、向かいますか」

縞長が無線のマイクを取って言った。

「警視庁。こちら機捜235。鎗ヶ崎から向かいます。十分」

「機捜235。こちら警視庁、了解」

「警視庁ならびに機捜235。こちら警視932。機捜235に同行します。同じく十分」

「警視932。こちら警視庁、了解」

縞長がマイクに向かって言った。

「警視932。こちら機捜235、了解」

高丸は鎗ヶ崎交差点を右折し、旧山手《やまて》通りに入った。

下北沢駅には、すでに北沢署の地域課係員が来ていた。揉《も》め事というのは、井《い》の頭《かしら》線の列車内での痴漢騒ぎだった。

被害にあったと主張する女性、近くにいたという乗客、そして痴漢の疑いをかけられている男性それぞれから話を聞いた。

北沢署地域課の巡査部長が縞長に言った。

「あのさ、被疑者は同行を拒否してるんだよね。逮捕しちゃう？」

やはり、縞長をペア長だと思っているようだ。

「そりゃだめですよ。痴漢しているところを押さえたわけじゃないんでしょう？　現行犯にはなりませんよ」

「じゃあ、どうする？」

「あくまでも任意同行をお願いするしかないでしょう。痴漢は冤罪《えんざい》のケースも多いですし……」

「説得してくれる？」

「いや、それはおたくの捜査員の役目でしょう」

機捜が身柄を確保しても、取り調べをするわけではない。担当する捜査員に引き渡したら、すぐにまた密行に戻るのだ。

巡査部長は声を落とした。

「本当は、駅員とか振り切って、この場から去ってほしかったんだよね……」

それを聞いていた大月が、怪訝そうな顔で尋ねた。

「それ、どういうことです？」

「本人は犯行を否定してるんだからさ、事情聴取に応じる義務なんてないんだよ。今この人が言ったように、現行犯じゃないんだから、逮捕はできない。いなくなってくれれば、それ以上調べなくて済むし……」

大月は目を丸くした。

「痴漢やってたらどうするんですか?」

「それを証明するのはえらい手間がかかるんだよ。被害者の証言だけで起訴することもできない。だからさ……」

そこに北沢署の捜査員が二人やってきた。事情を聞いた捜査員の一人が言った。

「何だよ。目撃情報はないの? だったら逃げてくれればよかったのに……」

この発言にまたしても、大月は目を丸くしている。

高丸は言った。

「じゃあ、引き継ぎお願いします」

捜査員が言った。

「機捜さんだね? ああ、ごくろうさん。あとは引き受けたよ」

高丸たちは駅を離れた。

大月が高丸の後ろから声をかけてきた。

「あれでいいのか?」

高丸は振り向いて言った。

「初動捜査が俺たちの仕事。あとは捜査員に任せるしかないんだ」

「逃げてくれればいいのになんて、やる気なさそうだったよな」

縞長が言った。

「あれが本音でしょうね。もし逮捕して冤罪ということになったらたいへんです。かといって、身柄を取ったからには調べなくてはなりません。だから、消えてほしいと……」

「逃げたって、捜しだして捕まえるでしょう?」

今度は縞長が目を丸くする番だった。

「逮捕状もないのに捕まえたら、逮捕・監禁の罪に問われますよ」

「逃げたもん勝ちってことですか?」

「そうじゃありません。本当に犯罪者なら許しませんよ。地域課の巡査部長も捜査員も、この件は罪に問えないと判断したんでしょう」

それでも大月は釈然としない顔だ。

「捜査って面倒なんですね」

「警備だってたいへんでしょう」

大月は肩をすくめた。

それから、密行に戻り、いくつかの事案に立ち会った。繁華街での酔っ払い対策にも臨場し、大月が「これって、地域課の仕事でしょう」と眉をひそめていた。


すっかり夜が明けてから渋谷署に戻った。駐車場で大月たちと別れ、高丸たちは分駐所に戻った。第一当番の機捜231に引き継ぎをすれば明け番だ。帰って寝られる。

「選挙の話、聞いた?」

高丸は大久保に尋ねた。

「あ、新堀隊長の通達? なんか、選挙ってわくわくしますよね」

「え……？」

高丸は驚いた。「わくわく……？」

「街中に選挙カーの声があふれて、なんだかお祭りみたいじゃないですか」

「おまえの感性、独特だな」

「そうですかね……」

高丸が書類をまとめようとしていると、徳田班長が言った。

「ちょっと集まってくれ。所長から話がある」

高丸と縞長は顔を見合わせてから席を立ち、徳田班長の席の近くへ行った。大久保と篠原もやってきた。

安永所長が部屋から出てきて言った。

「法務大臣を殺害するという予告が、ＳＮＳに投稿された」

高丸は一瞬、何を言われたか理解できなかった。

「すごい……。殺害予告」

大久保のつぶやきが聞こえた。

安永所長が言った。

「そう。すごいことなのよ。だから、気合いを入れないと」

徳田班長が言った。

「総選挙を睨《にら》んでのことでしょうね……」

安永所長がうなずく。

「大臣といえども衆議院議員だから、選挙戦をやらないわけにはいかない。本人の選挙運動だけでなく、応援演説なんかにも駆り出される」

「そうなると、警護がやっかいですね」

「大きく分けると二つの流れになる。まず第一は、殺害予告をした犯人を特定して確保すること。そのための捜査本部ね。そして、もう一つは徳田班長が言ったとおり、警護の問題。こちらは、警備本部ができると思う。おそらく、特別警備本部ね」

徳田班長はまったく表情を変えずに言う。

「国務大臣の殺害予告となれば、警察庁が動くでしょう。そうなれば、特別警備本部ではなく最高警備本部という可能性もあります。あるいは、総合警備本部か……」

「選挙の時期に、特別警備本部はあり得ないか……。でも、班長が言うとおり総合警備本部はあり得るわね……」

高丸は、二人が何の話をしているのかよくわからなかった。後で縞長か徳田班長に質問しよう。そう思ったとき、大久保が言った。

「あのう、よろしいですか?」

「なあに?」

安永所長に促されて、大久保が質問した。

「そのナントカ警備本部って、違いがよくわからないんですが……」

「警備本部って、捜査本部と違ってたいてい警察庁が主導なの。……で、一番規模が大きくてたいへんなのが、最高警備本部。これってサミットとかの重要な国際会議とか、年末年始の特別警戒のときに設置される。本部長は警察庁長官か次長。たまに警視総監ということもあるわね。本部は警察庁の中にできる」

「へえ……」

「総合警備本部というのは、警察本部主導なの。つまり、東京だと警視庁主導ということになる。だから、本部長は警視総監、あるいは各道府県警本部長。メリットは実行力ね。特別警備本部というのは、文字どおり特別なときに短期間に設置する。本部長は警視長。つまり、警察庁警備局の課長クラス。でも、実動部隊は警察本部ね」

大久保が質問してくれたおかげで、高丸も何となく理解できた。だが、まだ実感はわかない。警備のことはよくわからないのだ。

徳田班長が安永所長に言った。

「法務大臣の地元はたしか埼玉ですね？」

「そう。坂本玄《さかもとげん》法相は埼玉７区選出よ。川越《かわごえ》市出身ね」

「……となると、警備本部も埼玉県警と合同ということになりますか……」

「それは偉い人が考えることね」

「我々も警備本部に吸い上げられるでしょうね」

「うーん……。というか、機捜が引っぱられるとしたら捜査本部のほうでしょう」

また捜査本部に参加できるのか。高丸は表情を引き締めた。喜ぶのは不謹慎かもしれないが、高丸にとってはチャンスなのだ。

「それで……」

安永所長が続けて言った。「特殊犯捜査第一係の葛木係長が、もうじき説明に来る」

「え……」

大久保が言った。「ＳＩＴの葛木係長が、また……？」

「そう」

安永所長がうなずく。「お目当ては、あなたかも」

4

午前十時二十分に、葛木係長がやってきた。なぜか高丸は緊張していた。殺害予告という重大事なのだから、緊張するのは当然だが、それだけではない。

捜査本部に参加できるチャンスに胸が高鳴っているのだ。

安永所長が葛木係長に言った。

「ごくろうさまです」

「法務大臣の件はもう……？」

「はい」

葛木係長はうなずくと、高丸たち隊員に向かって言った。

「ＳＮＳへの書き込みがあったのは、昨夜、つまり五月十六日の午後十一時四十五分頃のことだ。いたずらの可能性もあるが、こういう場合我々は犯人が本気だという前提で行動する」

徳田班長が質問した。

「捜査本部ができるということですね？」

「ＳＮＳに書き込んだ人物を特定して、確保しなければならない」

「予告の対象が国務大臣となれば、特別捜査本部ですか？」

通常の捜査本部は刑事部長が本部長となるが、特別捜査本部は警視総監だ。高丸も刑事部なので、そのへんのことはよく知っている。

「おそらくそういうことになるだろう」

「警備本部との兼ね合いは？」

「これもまだ確定ではないが、警視庁本部内に総合警備本部を設置する。警視総監は、そちらと特捜本部の本部長を兼務されることになるだろう」

「総合警備本部と特捜本部が設置されるのは、警視庁本部十七階の総合指揮所ですか？」

「そうなると思う」

高丸は驚いた。普通、捜査本部は事件現場を管轄する警察署内に置かれる。高丸はまだ、本部庁舎内にできる捜査本部に参加した経験はない。

「ちょっと、班長」

安永所長が言った。「私の出る幕がないじゃないの」

徳田班長は表情を変えずに少しだけ頭を下げた。

「申し訳ありません」

安永所長は葛木係長に言った。

「私が訊きたいことは、だいたい徳田班長が訊いてくれたけど、最大の疑問がまだ訊けてません」

「何でしょう？」

「わざわざうちの分駐所にいらしたということは、うちの誰かを特捜本部に引っぱるということですか？」

葛木係長がうなずいた。

「大久保に来てもらいたいのです」

高丸は思わず大久保の顔を見ていた。大久保はまるで他人事《ひとごと》のような顔で葛木係長を見ている。

安永所長が言った。

「あ、やっぱり大久保」

「特殊犯係を志望していると聞いています。ぜひ、手伝っていただきたい」

「法相の警護に参加するということ？」

葛木係長はかぶりを振った。

「我々はあくまでも捜査員です。だから、捜査を手伝ってもらいます。ただし……」

「ただし？」

「今言ったように、今回は特捜本部と総警本部が同居することになるでしょう。ですから、所長がおっしゃるとおり、警備に関わることもあるかと思います」

「私に、そういうごまかしは通用しませんよ」

「自分は別に、ごまかしたりはしてませんが……」

「人質事件が起きたら、ＳＩＴは女性警察官と人質を交換するように交渉する……」

「そういうこともあります」

「ＳＩＴは女性警察官だけを集めて研修をやったりしていますね？」

「ええ」

「つまり、常に女性警察官を利用できる状況を考えているわけです」

「はい。誘拐被害者の家族になりすましてもらうこともあります。女性にしかできない任務があります」

「その話の流れで言うと、今回も何か目的があって大久保を引っぱりに来たということですよね？」

葛木はまったく悪びれる様子もなく言った。

「坂本法相に張り付いてもらうことを考えています」

「張り付くのは警備部のＳＰの役目でしょう」

「ですから、警備ではなく捜査なのです。坂本法相の身近にいて、情報を吸い上げてほしいのです。大久保には特殊な能力があるという話ですよね」

「あ……。いつの間にか話を聞き出してしまう能力……」

「それを発揮してほしいんです」

「具体的には……？」

「警備部と相談しなければなりませんが、自分としては、法相の選挙スタッフとして張り付いてもらおうと思っています」

「潜入捜査じゃない」

「厳密に言うと、捜査対象の組織に潜入するわけではないので、潜入捜査とは言い難いですが、まあ、近いものはあります」

「そうか。ＳＩＴの得意技ね」

安永所長は思案顔になって言った。「危険な任務ね」

「ＳＩＴを志望するからには、それくらいの覚悟は持ってもらわないと……」

「上司としては、はいそうですかと言うわけにはいきませんね」

「許可いただけないということですか？」

「条件があります」

「どんな条件でしょう」

「一人では行かせられません。バックアップとして他の隊員もいっしょなら……」

「どなたを……？」

「この二人をいっしょに連れていってください」

高丸と縞長のことだ。葛木係長が二人のほうを見た。

「彼らとは以前もいっしょに仕事をしたことがあります。問題はありません」

安永所長が徳田班長に言った。

「三人抜けることになるけど、だいじょうぶかしら？」

「大久保の代わりに２３１には私が乗ります。抜けるのは２３５だけで済みます。しばらく三交代で回します」

「わかった。それでいきましょう」

葛木係長が言った。

「では、三人はいっしょに来てもらいます」

安永所長が言った。

「まだ捜査本部はできていないでしょう？」

「体裁は整っていませんが、すでに捜査員は集まりはじめています」

「235の二人は明け番なんだけど……」

高丸は安永所長に言った。

「だいじょうぶです。行けます」

この機会を逃す手はない。

縞長は少々憂鬱《ゆううつ》そうな顔をしている。彼は捜査員が大勢集まる場所が苦手《にがて》なのだ。

葛木係長が言った。

「では、機捜車で行きましょう」

安永所長が言った。

「え？　係長、車じゃないんですか？」

「自分ら、出動のときくらいしか車は使えません」

「あらあ、本部の係長もそんな扱いなの？　じゃあ、235を出してくれる？」

高丸は言った。

「了解しました」

縞長が力の抜けた声で言った。

「では、行ってまいります」


いつものように機捜235の運転席には高丸が、助手席には縞長が座った。後部座席には葛木と大久保がいる。

高丸は気合いが入っている。一方で、縞長は元気がない。

高丸は縞長に言った。

「吹っ切ったんじゃないんですか？」

「え……？」

「昔、捜査本部でへまをやったことですよ。それ以来、捜査本部が苦手なんでしょう？」

「もちろん、もう吹っ切ってますよ」

葛木係長の声がした。

「それは、うちの増田《ますだ》のことか？」

縞長が慌てた様子で後ろを振り向いた。

「あ、ご存じでしたか？」

「前回いっしょに捜査したとき、だいたい察しはついた」

特殊犯捜査係の増田と縞長は、ペアを組んで刑事をやっていたことがある。

「昔、増田さんにいろいろと迷惑をかけましてね……」

「昔のことなど関係ない。今が重要なんだ」

「そうですよ」

高丸は言った。「シマさんは、見当たり捜査で生まれ変わったんです」

「自分も縞長さんのその眼力《がんりき》に期待している。増田も、もう昔の縞長さんではないことはすでに理解している。心配することはない」

「いえ……」

縞長は言った。「そう言っていただけるのはありがたいんですけど、何というんですか、トラウマって言うと大げさですけど、苦手意識っていうのは、いつまでも残るもんでして……」

「ああ、苦手なものって、誰にでもありますよね」

大久保が言った。「でも、それ人に言わないほうがいいですよ。弱み握られますから……」

高丸はあきれて言った。

「おまえ、けっこうえげつないな」


警視庁本部に着き、駐車場の指定された場所に機捜235を駐めると、高丸の緊張は高まった。

葛木係長は三人を直接十七階に連れていった。

「あ、十七階には術科《じゅつか》道場があるんですよね」

大久保が言った。葛木係長が尋ねた。

「稽古《けいこ》したことがあるのか？」

「いいえ。私は所轄の道場しか経験がありません。道場のそばにカフェがあるって聞きましたけど……」

「パステルのことだな。警備部の連中がよく使うので、料理は全部大盛りだ」

「へえ……」

エレベーターが十七階に着いた。葛木係長に続いて廊下を進んだ。

縞長が言った。

「ここが総合指揮所ですね？」

葛木係長が言う。

「初めてですか？」

「ええ。長年警察に勤めていますが、これまで縁がなかったですね」

縞長と高丸が部屋に入ろうとすると、葛木係長がそれを制止した。

「我々はこっちです」

「こっち……？」

高丸が思わず聞き返すと、葛木係長は隣の部屋に向かった。そこは大会議室だった。

縞長が怪訝そうに尋ねた。

「総合指揮所に、総警本部と特捜本部が同居するとおっしゃってませんでしたっけ？」

「両方を警視総監が統括するという意味です。総合指揮所は警備部の縄張りですので、実際には、そちらは警備部長が見て、大会議室のほうを刑事部長が見るということになりそうです」

「つまり、事実上は、総合指揮所が総警本部で、大会議室が特捜本部ということですね？」

「そのほうが混乱が少なくて済むと思います」

大会議室に入ると、パソコンや電話が運び込まれている最中だった。

捜査員たちは着席はせずに、立ったままいくつかの輪に分かれて、何事か話し合っている様子だった。

葛木係長はその輪の一つに近づいた。特殊犯捜査係の係員たちだ。その中に、増田の姿もあった。

葛木係長は言った。

「知っている者もいると思うが、改めて紹介しよう。機捜の縞長、高丸、大久保だ」

縞長は増田を見て頭を下げた。

「よろしくお願いします」

増田は、「ああ、よろしく」と言っただけだった。

「お、シマさんじゃねえか?」

離れた場所から声がかかった。そちらを見ると、田端守雄《たばたもりお》捜査一課長がテーブルに向かって座っていた。

葛木係長が田端課長のもとに向かったので、高丸たち三人もそれについていった。

「二機捜から三人来てくれました」

葛木係長がそう報告すると、田端課長が言った。

「よく来てくれた。シマさんに高丸だったな」

「はい」

高丸は必要以上に大きな声で返事をしてしまったと思った。捜査一課長が名前を覚えていてくれたのは感激だった。

「こちらのお嬢は？　おっと、今どきお嬢なんて言ったら問題になるな……」

葛木係長が言った。

「彼らと同じ二機捜渋谷分駐所の大久保実乃里巡査です。先日の成城の強盗事件で活躍してくれました」

「……で、おまえさん、何考えている？」

「法相に張り付いてもらおうと考えています」

田端課長の表情が厳しくなる。

「大久保に？」

「はい」

「そいつは危険だな。おまえさんのところに、訓練を受けた女性係員がいるだろう」

「できる限り危険は排除します。そのために、シマさんと高丸にも来てもらいましたし……」

田端課長が念を押すように言った。

「大久保にやらせたいということだな？」

「はい」

「わかった。その件は任せる。管理官と相談してくれ。警備部とのすり合わせも必要だろう」

「承知しました」

「これから、所轄の捜査員もやってくる。取りあえず、お膝元の第一方面本部と打ち合わせをしている」

第一方面本部は千代田区、中央区、港区などを管轄している。

葛木係長が言った。

「二課はどうですか？」

「おう。じきにやってくるはずだ。選挙となれば、やつらの力を借りないとな」

「政治的なテロの恐れもあるので、公安の協力も必要ですね」

「そっちも抜かりはねえよ。だがな、主導はあくまで特殊犯捜査係だ。だから、特殊犯捜査からは、おまえさんたち第一係と第二係、それに特命の第五係にも来てもらっている」

「はい。心得ております」

「何か情報は？」

「現在、殺害予告の書き込みがあったＳＮＳの管理者に、発信者を特定できないかどうか問い合わせています」

高丸は、二人のやり取りを聞いて興奮を抑えきれなかった。特捜本部発足前に、すでに捜査は開始されているのだ。

「急いでくれ。事情が事情だ。協力を渋るようだったら、さっさと令状を突きつけてやれ」

「はい」

「あとは、埼玉だな……」

「はい。法相の選挙事務所は川越市にあります」

「部長から話を通してもらうのが早いだろう。公示は五月二十一日だな。その日から大久保が選挙事務所に張り付けるように段取りしてくれ」

「承知しました」

田端課長が言った。

「シマさんに高丸。頼んだぞ。大久保に万が一のことがないようにな」

「はい」

縞長と高丸は深々と頭を下げた。


田端課長のもとを離れると、葛木係長が高丸たちに言った。

「段取りが付き次第、三人には川越に行ってもらう。それまでここで待機だ」

高丸はこたえた。

「了解しました。待機します」

葛城係長が特殊犯捜査係の輪のほうに去っていくと、高丸たちは広い大会議室の中でぽつんと取り残されたような形になった。

縞長の不安が理解できるような気がした。

「すいません」

高丸は縞長に言った。「緊張したもんで、ちょっとトイレに……」

「ああ、どうぞ」

高丸は出入り口に向かった。周囲の捜査員たちの表情は険《けわ》しい。重大事件が進行しているのだという実感がようやくわいてきた。

廊下に出てトイレに向かおうとすると、ばったり大月と東原に出くわした。

「あれ。どうしたんだ、おまえたち」

大月も目を丸くしていた。

「おまえこそ、ここで何してるんだ？」

「特捜本部に吸い上げられたんだよ」

「法相の件だな。俺たちは、総合警備本部だ」

「あ、そういうことか。また俺たちのあとをつけてきたのかと思った」

「ストーカーじゃないんだ」

「ここじゃ俺たちが教わることになるかもしれないな」

「ああ、頼りにしてくれ」

大月たちが総合指揮所に入っていくのを見送り、高丸はトイレに向かった。

5

特捜本部に戻った高丸は、捜査員の数が増えているのに気づいた。また新たな捜査員たちが到着したのだろう。

縞長に近づき、尋ねた。

「課長が言ってた特殊犯捜査の連中ですか？」

「ああ、そのようですね」

「みんな気合い入ってますね」

「当然ですよ」

「係はばらばらでも、顔見知りの様子ですね」

「そりゃそうでしょう。会議で顔を合わせるでしょうし、いっしょに訓練することもあるでしょうから……」

近くの集団の中にいた、三十代半ばの男が縞長に声をかけた。

「ん……？　どこの係ですか？」

縞長は慌てた様子でこたえた。

「あ、いえ、私は特殊犯捜査ではなく、機捜です」

「え？　機捜？　そうは見えないな」

比較的若い者が機捜に配属される。相手は年齢のことを言っているのだ。

縞長は言った。

「こういう機捜隊員もいるんです」

「へえ……。機捜ってことは、助っ人ですね」

機捜を下に見ているような言い方だ。まあ、相手は捜査一課だから無理もないか。高丸がそう思ったとき、誰かが言った。

「その人はあなどれないよ」

声のほうを振り向くと、増田だった。

縞長は何も言わず増田をちらりと見た。

「あなどれない？」

三十代の男が増田に尋ねた。「それ、どういうことです?」

「縞長さんは、見当たり捜査班で眼力を磨いた。それを、機捜で遺憾なく発揮している。密行中に挙げた指名手配犯は数知れない」

「ほう。そうなんですね。それは頼もしいです」

「そうだ」

増田がうなずいた。「頼りになるんだよ」

三十代の男は縞長に言った。

「特殊犯捜査第五係の成田哲也《なりたてつや》巡査部長です。よろしくお願いします」

縞長は慌てた様子で頭を下げる。

「あ、縞長です。私も巡査部長です」

そのときにはすでに、増田はその場を離れていた。

成田も仲間のもとに戻っていった。

大久保が目を丸くして言った。

「シマさんって、特殊班の人にも一目置かれているんですね」

彼女は、縞長と増田の昔の出来事を知らない。高丸は言った。

「あれ、車の中で葛木係長が言っていた増田ってやつだよ」

「え……。シマさんといろいろあったという……」

すると縞長が言った。

「まあ、昔の話ですけど……」

高丸は声を落として言った。

「それにしても、増田があんなことを言うなんて、驚きましたね」

大久保が言う。

「シマさんのことを見直したってことでしょう?」

「葛木係長もそう言っていたよな」

そのとき、「気をつけ」の号令がかかった。

出入り口を見て、高丸はたちまち緊張した。

警視総監と刑事部長が入室してきたのだ。

もちろんその二人と面識などない。警視庁の機関誌に載っていた写真でその顔を知っているに過ぎない。

刑事部長は雲の上の人、警視総監はさらにその上だ。二人とも制服ではなく背広姿だった。

特捜本部は、まだ設営の最中だが、二人は長テーブルに並んで着席した。田端一課長がいるテーブルの隣だ。そのあたりが将来、幹部席になるのだ。

起立している田端課長が言った。

「特捜本部長の警視総監からお言葉をいただきます」

警視総監が立ち上がった。

「余計なことは申しません。みなさん、全力を尽くしてください」

それだけ言うと着席してしまった。

田端課長が言う。

「それでは、副本部長の刑事部長からも一言……」

刑事部長が起立する。

「殺害予告はいたずらでは済まされません。これは国家に対する冒瀆《ぼうとく》であり、警察に対する挑戦でもあります。そのことを、肝に銘じておいてください」

やはり、挨拶《あいさつ》は短い。本当に偉い人は、だらだらと長くしゃべったりはしないものなのだろうと、高丸は思った。

警視総監と刑事部長が、ここで今さら自分の立場を誇示する必要などない。何より大切なのは、できるだけ早く捜査を開始することだ。

田端課長の声が響く。

「我々がやるべきことは、予告犯をすみやかに特定して確保することだ。大臣の安全確保については、隣の総合指揮所にできた総警本部が担当する。では、まず班分けを発表する」

管理官と係長たちが、捜査員たちを振り分けていく。

縞長が高丸と大久保に言った。

「普通は地取《じど》り班、鑑取《かんど》り班、遺留品捜査、ぞう品捜査、手口捜査などの班に分かれますが、SNSに殺害予告が書き込まれたということですから、ちょっと様子が違うでしょうね」

「どうしてです?」

大久保がそう尋ねたので、高丸はこたえた。

「例えば殺人だと、遺体発見現場とか犯行現場がはっきりしている。だから、地取りの意味がある。被害者の身元がわかれば鑑取りもできる。現場には遺留品もあるだろうから、その捜査もできる。でも、現場がＳＮＳとなると、そういう捜査ができない」

「でも、被害者はいるわけだから、鑑取りはできるわよね」

「被害者って誰のことだ?」

「殺すぞって脅された被害者よ」

「法務大臣のことか」

「そう。だから、大臣周辺で鑑取りはできるでしょう」

「そうですね」

縞長が言った。「鑑取りというか、動機を明らかにすることで、犯人像に迫れるかもしれません」

「現場の捜査もできるでしょう」

大久保がそう言ったので、高丸は聞き返した。

「現場ってどこのことだ?」

「ＳＮＳ。書き込んだ人の痕跡が残っているでしょう」

「ＳＮＳ管理者とかプロバイダーに調べてもらうことになるな」

縞長がうなずいた。

「なるほど。それがつまり地取り捜査の代わりということになりますね」

「犯人の書き込みそのものが、遺留品ともいえるんじゃない?」

縞長が感心したように言った。

「大久保さんは捜査幹部の素質があるかもしれませんね」

捜査幹部は大げさかもしれないが、たしかに成城の強盗事件の際の無線による仕切りはたいしたものだった。

大久保の実力はまだ未知数だ。案外、縞長が言うとおり、捜査センスがあるのかもしれないと、高丸は思った。

「どうやら、班分けが終わったようですね」

縞長が管理官たちの席のほうを見て言った。「通常の捜査本部のように、捜査員を二人組の班に分けたようです」

俺たちには声がかからないのだろうか。高丸がそう思ったとき、葛木係長に呼ばれた。

縞長が言った。

「管理官席に行きましょう」

大久保が尋ねた。

「管理官席って？」

「あ、管理官を中心に係長が集まる席を便宜上そう呼ぶことが多いです。捜査本部のデスクですね」

捜査員たちの席とは別に、いくつかのスチールデスクで島を作り、そこが管理官席となるのだと、縞長は言った。

まだスチールデスクの島はできておらず、管理官の周辺に係長が集まっているに過ぎない。葛木係長もそこにいた。そのあたりのことを、縞長は管理官席と呼んだのだ。

高丸たち三人が近づくと、葛木係長が言った。

「先刻言ったとおり、三人には川越へ行ってもらう。埼玉県警と話がついた」

縞長が尋ねた。

「行き先は川越署ですか？」

「そうだ。取りあえずは、川越署が面倒を見てくれる。その後は、法相の選挙事務所に詰めることになると思う」

「承知しました」

「いいか」

葛木係長は大久保を見て言った。「どんな小さなことでもいいから、耳にしたことはすべて報告しろ」

「はい。わかりました」

「頼んだぞ。おまえはこの捜査の切り札になるかもしれない」


三人は機捜235に乗り込んだ。いつものようにハンドルを握るのは高丸で、助手席に縞長がいる。大久保は後部座席だ。

カーナビに川越警察署をセットすると、高丸は駐車場から車を出した。

「左よし」

縞長が確認すると、内堀《うちぼり》通りに出る。内閣府下の交差点手前でUターンして、霞《かすみ》が関《せき》入口から首都高に入り、川越を目指した。

縞長が言った。

「大久保さん、たいしたもんですね。捜査の切り札だなんて」

大久保は、いつもと変わらぬ口調で言う。

「葛木係長は、切り札だと言ったわけじゃないですよ。切り札になるかもしれないって言ったんです」

「同じことじゃないですか」

「いや、全然違いますよ。葛木係長は、きっとやる気を出させるためにあんなことを言ったんです」

「かもしれないでもいいじゃないか」

高丸は言った。「俺は捜査本部でそんなことを言われたことなんて一度もないぞ」

「そうなんですか?」

「まともに聞き返すなよ。こういうときは、聞き流すんだよ」

「じゃあ、今回いいチャンスじゃないですか。手柄立てましょうよ」

「おい」

高丸は思わず苦笑した。「けしかけるなよ。勇み足で失敗するかもしれないじゃないか」

「あのう」

大久保が突然、口調を変えた。申し訳なさそうに言う。「捜査本部の人たちって、お昼、どうしてるんですか?」

「ああ……」

縞長が言った。「十二時四十分か。昼飯のことを忘れていましたね。捜査員たちは、外回りのついでに店に入って食べたりしますね」

「お弁当とか出ないんですか?」

「うーん。捜査本部はたいてい、所轄署に設置されて、費用は署が持ちますからね。なかなか弁当まで用意してくれる署はありませんね」

高丸は言った。

「じゃあ、川越に着いたら何か食べましょう」

大久保が尋ねた。

「どのくらいで着きます?」

「そうだなあ。一時間弱だろう。警視庁を出たのが十二時半だから、川越に着くのは一時半頃か……」

「235には非常食とか置いてないんですか?」

「そんなもの積んでないよ。231にはあるのか?」

「ないですけど、ひょっとしたらと思って……」

「そんなに腹が減ったのか?」

「ぺこぺこです」

縞長が言った。

「おいしい鰻《うなぎ》屋がありますよ」

「うなぎ」

大久保がうれしそうな声を上げた。

高丸は言った。

「一刻も早く川越署に行ったほうがいいです。鰻は時間がかかるんじゃないですか?」

「じゃあ、卵料理の店はどうです? 親子丼が絶品なんですが」

「あ、親子丼もいいですね」

大久保がそう言い、高丸はそれで手を打つことにした。


腹ごしらえを済ませて川越署に着いたのは、午後二時過ぎのことだった。刑事課を訪ねると、四十代半ばの男が対応してくれた。

「ご苦労さんです。強行犯係の西松栄介《にしまつえいすけ》です」

西松は四十六歳の巡査部長だということだった。

高丸は自己紹介し、さらに縞長と大久保を紹介した。

「坂本先生の周辺から情報を得たいということですね?」

西松は縞長を見て言った。やはり、縞長が一番立場が上だと思っているのだ。警察では、階級よりも年齢がものを言う場合が少なくない。

こういうときは、そのまま放っておいたほうが物事が円滑に進むことを、高丸はすでに心得ていた。

縞長がこたえた。

「ええ。大久保が選挙スタッフとして張り付くことになっています」

「お、潜入捜査か」

大久保がこたえる。

「正確に言うと潜入捜査じゃないって、ＳＩＴの係長が言ってました」

「でも、警察官の身分を隠して選挙事務所に潜入するんだろう？」

「そうですけど……」

「知ってのとおり、選挙事務所は公示日にならないと開設できないけど、すでに物件は借りていて、準備が進められているはずだ」

「知ってのとおり」と言われたが、高丸はぴんとこない。

大久保が尋ねた。

「公示日前は選挙事務所を使えないんですか？」

「当たり前だよ。期間前に選挙活動をするわけにはいかない。その代わりに、選挙事務所とは別に後援会事務所を作って事前の政治活動をすることもある」

「法務大臣もそうなんですか？」

「ああ。資金には困らないだろうからな。元町《もとまち》に後援会事務所を開いている。本町通《ほんまちどお》り沿いだ」

所在地を言われてもわからない。早急に地理を頭に叩《たた》き込む必要があると、高丸は思った。

大久保がさらに尋ねる。

「選挙事務所はどこになる予定ですか？」

「後援会事務所の近くだ。後援会事務所は、路面の空き店舗を使っているが、選挙事務所予定地は、選挙カーなんかを置くので広い駐車場が必要だ。だから、裏宿通《うらじゆくどお》りの空き家を一時的に借りたようだ」

「裏宿通り？」

「本町通りからほぼ直角に延びている路地だ。住宅地だね。住所表示は喜多町《きたまち》だね」

「喜多町……？」

縞長が聞き返す。「喜多院《きたいん》と関係があるんでしょうね？」

「関係あるのかなあ。喜多院のあたりの住所は、小仙波町《こせんばまち》とか西《にし》小仙波町だからねえ」

高丸は尋ねた。

「喜多院って？」

「お寺ですよ。たしか天台宗《てんだいしゅう》だったかな……。境内《けいだい》にある五百羅漢《ごひゃくらかん》が有名ですね。あ、あと徳川家光《がわいえみつ》が生まれた部屋が移築されているそうです」

西松が縞長に尋ねた。

「行ったことありますか？」

「いや。ないけど、有名ですからね」

「時間があれば行ってみるといいです。五百羅漢はなかなか面白いですよ」

「そうですね。せっかく川越に来たんですから……」

「さて、選挙事務所に行っても、まだ準備の最中だろうから、まずは後援会事務所に行ってみますか……」

すると、大久保が言った。

「不注意に訪ねていくわけにはいきません。犯人が監視している恐れがあります」

高丸は驚いた。

そんなことは考えてもいなかった。

西松が尋ねる。

「じゃあ、どうする？」

「少なくとも、四人ばらばらに、時間差をつけて訪ねる必要があると思います」

「そうだな。そうしよう」

「高丸さんは、宅配業者か何かに変装したらどうですか？」

高丸は聞き返した。

「その必要があるのか？」

「念には念をいれて……。なにせ、法務大臣の殺害が予告されているんですから……」

結局、宅配業者の偽装は採用されなかったが、四人が別々に訪ねるという案は採用された。

「車で来てるのですか？」

西松の質問に、縞長がこたえた。

「ええ。我々がいつも使っている機捜車です」

「じゃあ、それで行こう。署の車はあらかじめ断っておかないと使えないんで……」

どこの警察署も車が潤沢なわけではない。いつも機捜車に乗れることに感謝しなければならないのかもしれないと、高丸は思った。

6

西松が運転することになった。土地鑑がある彼に任せたほうがいい。

助手席にはいつものように縞長がいる。縞長はそこを他人に譲る気にはなれないようだ。

後部座席に高丸と大久保だ。

西松は、ガラス張りの商店のような建物の前に路上駐車した。

「ここは、かつてコンビニだったんだ。つぶれてから、ずっと貸店舗という張り紙があったな。借り手が見つからなかったんだろう」

縞長が言う。

「そこを、後援会事務所として借りたわけですね？」

「不動産屋やオーナーにしてみれば、空き家のままにしておくより、一ヵ月でも二ヵ月でも借り手がついたほうがいい。それに、法務大臣に店舗を貸したとなれば、箔《はく》もつく」

なるほど、かつてコンビニだったと言われるとうなずける建物だ。その前には駐車スペースがあるが、西松はそこには車を入れなかった。

四人が別々に訪ねるということになっていたので、まず一人降ろしてそこから移動し、近くに駐車して、次の一人を降ろす。そういうふうにして、時間差を設けるのだ。

「さて……」

西松が言う。「誰から行く？」

高丸は言った。

「シマさん、行ってくれますか。責任者と話をして段取りを組んでください」

「え、ペア長は高丸さんなんだから、行ってくださいよ」

すると、西松が驚いた顔で言った。

「え？　縞長さんが上司なんじゃないの？」

高丸はこたえた。

「自分らがいっしょにいると、たいていそう思われます」

「そりゃ、誰が見たって……」

高丸は縞長に言った。

「ほら、こういう場合は年の功ですよ」

「わかりました。では、大久保さん。五分後に来てください」

縞長が降りると、西松が車を出した。

その間、高丸は車窓から周囲を見回していた。不審な人物や車両は見当たらない。だが、油断はできない。犯人は近くの建物の中に潜んでいるかもしれないのだ。

西松は路地に入ってしばらく行ったところにある空き地に車を駐めた。

「選挙事務所はこの近くにある」

「じゃあ、この路地が裏宿通りですか？」

「そうだ」

西松はいつしかくだけた表情でたずねた。「なあ……」

「何です？」

「どうして、あんたがペア長なんだ？」

「あ、機捜の経験が自分のほうが長いので……。シマさんは、所轄の刑事課や見当たり捜査班を経験してから、機捜にやってきたんです」

「警視庁の機捜にはそういう人、けっこういるの？」

「いやあ、自分はシマさん以外に聞いたことないですね」

すると、大久保が言った。

「そろそろ五分です。行きます」

西松がこたえた。

「了解」


大久保が出ていくと、車に残された二人は手持ち無沙汰《ぶさた》だった。高丸はまた、車の周囲に気を配っていた。

西松が言った。

「いたずらじゃないのかねえ……」

「え……？」

「殺害予告だよ。ＳＮＳに書き込みがあったんだろう？」

「そう聞いています」

「世の中騒がせて喜んでる悪質なユーチューバーとかいるじゃないか。ネットってのは、どうも信用ならないからなあ」

「でも、自分らは本当だという前提で動かないと……。いたずらだと高をくくっていて、万が一のことがあったら、取り返しがつきません」

「まあ、元総理大臣の例もあるしなあ……」

「ネットって、信用できませんか？」

「……というより、ネットで何かを発信しようとする連中が信用できないんだ」

「誰でも自由に発表できるというのは、いいことだと思うんですが」

「若い人はそう思うだろうな」

「年齢は関係ないと思いますよ」

「俺たちの世代はさ、世の中に何かを発表するときに、ハードルというか権威づけというか、そういうものが必要だと感じて育ったんだ」

「ハードルですか？」

「そうだ。例えば音楽やるやつは、ライブ活動をやってＣＤデビューを夢見たりしたわけよ。でも、今じゃユーチューブとかでばんばん配信できちゃうわけだ。作家とかもそうだろう？　昔は新人賞かなんか取って初めて作家デビューだ。それも今ではネットで配信できちまう。俺は、そういうの信じてないんだよ」

「ネットでなくても、玉石混淆《ぎょくせきこんこう》でしょう」

「あんた、そういう時代じゃないって言いたいんだろう？　たしかに、誰でも何でも自由に発表できるのはいいことだ。その中にはきらりと光るものもあるだろうよ。でもさ、そういうの、俺たちが考えていた文化とは違うんだよね」

「文化の定義なんて、それこそ時代や社会環境で変わりますよ」

「ネットが悪いと言ってるわけじゃないよ。問題はネットを使うやつの質だね」

そのとき、高丸の携帯電話が振動した。

大久保からだった。

「高丸さん、そろそろ来てください」

「わかった」

電話を切ると高丸は西松に言った。

「自分の番のようです。行ってきます」

「了解。五分後に俺はこの車で向かう」

「はい」

高丸は車を降りて、徒歩で後援会事務所に向かった。


ガラス製の自動ドアがある。コンビニのときのものをそのまま使っているのだ。

入るとすぐに広いスペースがあり、そこに大きな楕円《だえん》のテーブルが置かれていた。その周囲にパイプ椅子が並んでいる。

奥にはいくつかのスチールデスクの島がある。

縞長と大久保は、楕円のテーブルとスチールデスクの島の間に立っていた。

誰かと話をしている。そこに近づくと、縞長が高丸に言った。

「あ、紹介します。警視庁機動捜査隊の高丸巡査部長です。こちらは、法務大臣の地元事務所で秘書をされている、中沢久之《なかざわひさゆき》さん」

高丸は挨拶をした。

中沢は、六十代前半に見える。髪はやや薄いが肌には張りがあり活力にあふれている。

「ごくろうさまです」

中沢が言った。「警視庁からわざわざいらっしゃったのですね」

「いろいろとご協力いただくことになると思います」

中沢はうなずいた。

「もちろん、何でも協力しますよ。坂本を守るためですから……」

縞長が説明した。

「駅の近くのマンション内に、地元の事務所があるということだ」

高丸は尋ねた。

「この後援会事務所や、選挙事務所とは別に事務所があるということですか？」

中沢が言った。

「国会議員というのは、会期が終わると地元に戻ります。地元で活動をするための事務所が必要なのです。閉会中も党の仕事とかがあるので、議員は常に地元と東京を行ったり来たりです」

「なるほど。選挙期間以外にも、地元で仕事があり、そのための事務所ということですね」

「ホームは東京の事務所じゃなくて、地元の事務所なんですよ」

縞長がさらに高丸に言った。

「大久保さんは、選挙中ずっと法務大臣のそばにいられるように、選挙担当の秘書の役がいいだろうと、中沢さんはおっしゃっている」

中沢が補足するように言う。

「地元にも秘書が何人かおります。大久保さんは、第三秘書……、いや第四秘書かな。選挙中はずっと同行できるようにしましょう。もちろん、秘書の仕事などする必要はなく、捜査に集中していただきます」

大久保が尋ねた。

「あの……、秘書って、どんな恰好《かっこう》をすればいいんですか?」

「坂本は、選挙中はかなりカジュアルな服装をすると思います。選挙スタッフはそろいのTシャツやポロシャツを着ますので、大久保さんも同じ恰好でいいでしょう」

高丸は尋ねた。

「我々は、どういう役割ですか?」

「お二人にも、そろいのTシャツかポロシャツを着ていただきます。選挙には大勢のスタッフが関わります。ボランティアも大勢います。その中に紛れてくだされればいいと思います」

「Tシャツかポロシャツですか……」

縞長が気になる様子でつぶやいた。

中沢が尋ねる。

「何か問題でも?」

「ええ。それだと、装備が隠れないんです」

「装備?」

「はい。機捜は拳銃も携帯していますし、手錠や特殊警棒も持ち歩くので……」

「ああ、それなら、チームリーダー用のブレザーがありますので、ポロシャツの上からそれを着てください」

「ブレザーならばっちりです」

そこに、西松がやってきた。

「機捜車を前の駐車スペースに駐めたけど、いいかな?」

中沢がこたえる。

「ああ、構わないよ」

二人の様子を見て、縞長が言った。

「中沢さんと西松さんは、お知り合いなんですね?」

「ええ」

中沢が言った。「地元の警察とは、何かと関わりがありましてね」

西松が苦笑した。

「政治家ってやつは、地元の反社と付き合いがあったりすることもありますからね。地域課に票読みをやらせる選挙事務所もあるって話だ。いや、これは一般論で、坂本法務大臣がそうだということじゃないよ」

中沢が言った。

「政治家もそれぞれだよ」

たったそれだけのやり取りだが、高丸は政治の世界の凄《すご》みのようなものを感じた。

中沢が西松に尋ねた。

「あんたが、警視庁の三人を案内してくるべきなんじゃないのか？」

「気を遣ったんだよ。犯人が監視しているかもしれないだろう。だから、時間差で四人ばらばらにやってきた」

中沢がうなずいた。

「気をつけてくれるのはありがたい。だが、考え過ぎじゃないのか？　ここには多くの人が出入りするから……」

「犯罪者ってのは、警察官に敏感なんだ。いっしょに行動したら、すぐにばれちまう」

「抑止効果があるかもしれない。ＳＰなんかはそうだろう。彼らはわざと目立つように行動する」

「俺たち、ＳＰとは役割が違うよ。隠密行動のほうがいい」

「わかった。だが、別々に行動するのは効率が悪いし、いざというときに役に立たないだろう」

「じゃあ、二人ずつ行動しよう。警察官の原則どおりだ」

「そのへんは任せるしかないな」

「それで、公示日まではどうすればいい？」

「そうだなあ……。警察官にポスター貼りをやってもらうわけにもいかないしなあ……」

「あ……」

大久保が言った。「ポスター貼りとか、やってみたいです」

「それ、だめですよ」

縞長が言った。「地方公務員法第三十六条第二項に抵触します」

大久保が聞き返す。

「そうなんですか?」

「地方公務員が、政治的目的をもって政治的行為をすると、制限の対象になります」

「政治的目的とか政治的行為って、何です?」

「選挙に限っていえば、特定の人の支持が政治的目的、投票勧誘活動、署名運動、寄付金等の募集といったことが政治的行為と見なされます」

「へえ……。じゃあ、私が選挙カーに乗って坂本法務大臣に投票するように呼びかけるのは違反になりますね?」

「選挙カーに乗るのは、捜査上必要なことだと思いますが、ポスター貼りはちょっと……」

高丸は驚いて言った。

「よくそんな法律知ってましたね」

「昔、選挙違反絡みの事件に関わったことがありましてね。長年警察官をやっていると、いろいろなことを経験します」

その経験が縞長の強みだと、高丸は思った。

「さて……」

中沢が言った。「では、大久保さんを準備中の選挙事務所にご案内しましょう」

すると、西松が言った。

「あ、じゃあ、俺がいっしょに行こう。機捜車の鍵は返すよ」

高丸は鍵を受け取った。

大久保と西松は中沢の車で選挙事務所に向かった。

高丸は彼らが出ていくと、縞長に言った。

「さて、俺たちはどうしましょう」

「取りあえず、座りませんか？」

高丸と縞長は、大きな楕円形のテーブルに向かってパイプ椅子に腰を下ろした。今、そのテーブルには高丸たち以外誰もいない。

奥のスチールデスクの島には、スタッフが何人かいて、パソコンのキーを叩いたり、電話に対応したりしている。

縞長が言った。

「川越に着いた報告を、まだしていませんよね」

高丸はこたえた。

「そうですね。報告しなくちゃ……。でも、誰に報告すればいいんでしょう」

「私ら、葛木係長に言われてここに来たんですから、葛木係長に報告すればいいんじゃないでしょうか」

「そうですね。取りあえず、特捜本部にかけてみます」

高丸は携帯電話を取り出してかけた。

連絡係が出たので、葛木係長を呼んでもらった。

高丸は、川越に到着して、川越署から坂本法相の後援会事務所に移動したことを告げた。

「ごくろう」

葛木係長が言った。「現在、殺害予告の書き込みがあったＳＮＳの管理者やプロバイダーに投稿者に関する問い合わせをしているが、まだ特定には至っていない」

「そうですか」

「大久保はどうだ？」

「地元の秘書の中沢久之さんが、選挙担当の秘書の役を振ってくれました。今、準備中の選挙事務所に行っています」

「高丸たちの今後の行動は？」

「シマさんといっしょに、大久保について歩くことになると思います。機捜車で移動するつもりです」

「了解した」

「今後の連絡も、葛木係長宛てでよろしいですか？」

「そうしてくれ」

「以上です」

電話が切れた。

縞長が言った。

「分駐所にも連絡しておいたほうがいいでしょうね」

「そうですね」

高丸は、分駐所にかけた。徳田班長が出た。

「特捜本部の指示で、川越に来ました。坂本法相の地元です」

「選挙事務所に潜入か?」

「はい。大久保は公示日以降は、選挙事務所に常駐することになると思います。法相が移動するときは張り付くことになっています」

「おまえたちは、大久保から目を離すな」

「はい」

「ちょっと待て」

しばらくして、安永所長の声が聞こえてきた。

「川越なの?」

「はい、そうです」

「三人とも?」

「はい」

「選挙期間中、ずっとそっちなのかしら」

「犯人が確保され次第、戻れると思います」

「早く戻ってほしい。こっちは三交代で回しているんで、徳田班長の機嫌が悪くて」

「特捜本部は頑張ってると思います」

「高丸やシマさんもそうだけど、大久保がいないと何だかつまんないのよね」

「つまんない、ですか」

「そうよ。あいつ、天然じゃない。あれがなんとも言えないのよねえ」

「自分らも、早く戻りたいです」

「とにかく、気をつけてね。徳田班長と代わるわ」

またしばらく待った。

「徳田だ」

「機嫌が悪いんですか?」

「あれは所長の冗談だ。俺は密行に出られてご機嫌だ」

「そうでしょうね」

「所長も言っていたが、くれぐれも気をつけろ」

「はい」

電話が切れた。

徳田班長や安永所長の言葉を縞長に伝えていると、高丸たちのほうへ、誰かが近づいてきた。

三十代と思われる女性だ。

「もしかして、警察の人?」

「そうですが……」

高丸がこたえると、彼女は言った。

「ちょうどよかった。頼みがあるのよね」

高丸と縞長は顔を見合わせた。

7

高丸は尋ねた。

「ええと……。あなたは？」

彼女は高丸と縞長に名刺を出して言った。

「坂本の秘書です。北浦綾香《きたうらあやか》といいます」

「あ、警視庁の高丸です。こちらは縞長……」

縞長が北浦綾香に言った。

「我々に頼みがあるとおっしゃいましたね？」

「そうなの。デモ隊を何とかしてくれないかしら」

「デモ隊……？」

「坂本に対する抗議デモなんだけど……」

高丸は言った。

「抗議デモなんてあるんですか？」

「そう。政治家は何かと矢面《やおもて》に立たされるんで……」

縞長が尋ねた。

「具体的には、何に抗議しているんですか？」

「入管法改正とか、死刑囚の再審で検察が有罪立証を試みた件とか……」

「ああ……」

縞長がうなずいた。「法務大臣が担当した事案ですね」

「そう。事務所の前で何度もデモをやられて……。まあ、今日が最後っ屁《ぺ》なんですけどね」

見た目と「最後っ屁」という言葉のギャップに、高丸は少々驚いた。

縞長が尋ねる。

「最後っ屁というのは？」

「デモなんてもうないと思っていたんだけどね。どうやら連中、坂本が今日地元に戻ってくることを、どこかから嗅ぎつけたみたい」

「え……」

高丸は聞き返した。「お戻りなんですか？」

「ええ。今日の夕方、地元事務所にやってくるはずよ」

「夕方？　何時です？」

「午後六時入りの予定ね。だから、デモ隊を何とかしてほしいのよ」

「わかりました」と縞長が言った。

北浦が笑みを浮かべた。さばさばとした口調だがその笑顔は妙に魅力的だと、高丸は思った。

彼女が二人のもとを去ると、高丸は縞長に言った。

「わかりましたって、どうするつもりです？」

「まずは、捜査本部に判断を仰がないと……」

「そうですね」

高丸は葛木係長に電話した。デモの件を報告すると、葛木係長が言った。

「デモの規制は基本的に所轄に任せるんだ。おまえたちは、デモ隊の写真を撮れ」

「え……。デモ隊の写真……。公安みたいですね」

「殺害予告があったんだ。公安のやり方も取り入れないとな……」

「了解しました。法務大臣が午後六時に地元事務所入りするって、知ってました？」

「いや。初耳だ。総警本部は知っていたかもしれないので、もっと連絡を密にするように申し入れる」

「はい」

「デモ隊の件は、所轄と打ち合わせをしてくれ」

電話が切れた。今の話の内容を伝えると、縞長が言った。

「そうですか。デモ隊の写真を……。公安は一眼レフに長玉《ながだま》を使ってますね」

「長玉？」

「望遠レンズのことです。カメラなんて持ってきてないから、スマホで撮るしかないですね」

「とにかく、西松さんに連絡してみます」

高丸は電話した。

「デモ隊……？」

西松が言った。「ああ、いつものことだ。わかった。任せてくれ」

「自分らは、写真を撮ります。デモ隊の中に予告犯が紛れ込んでいるかもしれませんから……」

「どうかね……。デモに来る連中の顔ぶれはだいたいわかっているんだ」

「午後六時に、坂本玄が事務所入りするって、知ってました？」

「何だって？　どこからの情報だ？」

「秘書の北浦さんです」

「聞いてねえぞ。まったく……。で、これからあんたら、どうする？」

「機捜車で地元事務所の近くに行きます」

「わかった。こっちは地域課と警備課に連絡しておく」

電話を切ると、高丸は縞長に言った。

「地元事務所の前に移動します」

「了解」

二人は、後援会事務所を出ると機捜235に乗り込んだ。


坂本玄の地元事務所は、東武東上線《とうぶとうじょう》川越駅から徒歩で五分ほどのマンションにあった。住所の表示では菅原町《すがわらちょう》三丁目だ。

「川越駅入口（東）」という信号のすぐそばだった。

マンションの前の路地に、十数人の群集ができていた。彼らは、鉢巻きをしたり、プラカードを持ったりしている。服装はまちまちだ。

高丸は、十メートルほどの距離をあけて車を停めた。顔を見られたくないので、あまり近づけない。

もし望遠レンズ付きのカメラを持っていたら、もっと距離を取りたかった。

「見た目はばらばらですね。そろいのTシャツとか着てるかと思ったんですが……」

高丸が言うと、縞長がこたえた。

「それほど組織だった抗議集団じゃないんですね」

「とにかく、写真を撮りましょう」

高丸と縞長はスマートフォンを取り出してシャッターを切りはじめた。

制服を着た川越署の地域課係員が四人やってきた。西松がいっしょだった。

彼らは、デモ隊と話を始めた。まるで世間話をしているかのようなのんびりとした光景だ。

デモが正当な表現活動である以上、強制的に排除はできないのだ。

高丸は彼らのプラカードや横断幕を読んでいた。「入管法改悪反対」や「地検の有罪立証放棄」といった文言が見て取れる。

坂本玄が法相として関わった入管法改正や、死刑囚の再審についての検察の姿勢に反対を主張しているらしい。

「ズームにすると、ブレますね」

高丸はできるだけスマートフォンを固定しようとしながら言った。

縞長がこたえた。

「あとで画像データを拡大できますから、とにかくデモ参加者の顔を押さえることです」

「はい」

そのとき、後部座席のドアを閉める音が聞こえた。

振り向くと車内に大久保の姿があった。

「選挙事務所にいたんじゃなかったのか？」

高丸が尋ねると、大久保がこたえた。

「西松さんがこっちに来るって言うから、いっしょに来たんですよ」

「坂本法務大臣が、午後六時に事務所にやってくるようだ」

「西松さんから聞きました。中沢さんによると、明日後援会事務所で、支援者の人と座談会をやるそうですよ」

「座談会……？」

「事実上の選挙運動なんでしょうけどね」

「そのために、今日地元入りするわけか……」

「それにしても、何のためにここでデモやってるんでしょう、あの人たち」

「そりゃあ、法務大臣に抗議するためだろう」

高丸が言うと、大久保は首を傾《かし》げた。

「でも、選挙なんだからもう議員じゃなくなるんでしょう？」

高丸は言った。

「あ、そうなのかな……」

すると縞長が言った。

「いや、衆議院議員じゃなくなっても、法務大臣なんです」

大久保が目を丸くする。

「え？　そうなの？」

「はい。内閣は、新たに総理大臣が任命されるまで、引き続きその職務を行うって、憲法で決められていますから。坂本さんは、内閣総辞職、つまり次の内閣ができるまでは法務大臣のままです」

「あ、そうなんですね」高丸は言った。

「へえ。よくそんなこと、知ってますね」

「これも、選挙絡みの事案で……」

「でも北浦さんは『最後っ屁』って言ってましたよね」

大久保が聞き返した。

「最後っ屁？」

縞長が大久保に、北浦綾香のことを説明した。

大久保が言った。

「つまり、今日のこの抗議行動を最後に、この人たちはもう集まってこないってことですか？」

「そうでしょうね」

縞長が言った。「選挙期間中に抗議行動などしたら、選挙妨害になりますからね」

「選挙妨害？」

「ええ。四年以下の懲役もしくは禁錮または百万円以下の罰金です」

「あ、見てください」

大久保が言った。「デモの参加者が解散していきますよ」

縞長がそちらを見て言う。

「西松さんたちの説得を聞き入れたようですね」

「撮った写真のデータを、葛木係長に送りましょう」

「そうですね」

高丸と縞長はスマートフォンからデータを送信した。

そこに西松がやってきた。後部座席の大久保の隣に座り、彼は言った。

「いやあ、法務大臣が来るまで居座るって言ってたんだけど、何とか引きあげてくれたよ」

高丸は言った。

「法務大臣といっても、内閣総辞職までのことなんですよね」

「ああ、そうだな。でも、まだ衆議院が解散したことがぴんとこなくてな……。世間でもそうだろう」

「そこなんですよね」

大久保がそう言ったので、三人の男は彼女に注目した。

高丸が尋ねた。

「そこって、何のことだ?」

「そもそも、法務大臣を殺害するっていう予告だったんですよね? でも、その予告があった時点で、衆議院は解散していたわけで、じきに坂本玄が法務大臣じゃなくなることはわかっていたわけですよね」

高丸と縞長は顔を見合わせた。

西松が言った。

「だが、まだ法務大臣であることは事実だ。それにやったことの責任はあるわけだろう。殺害予告をした犯人は、その責任を問いたかったんじゃないのか？」

「それより、法務大臣じゃなくなることに気づかなかったんじゃないですかね」

縞長が言った。「あるいは、うっかり忘れていた……。今、西松さんも、解散したことがぴんときていないと言ったでしょう。そういう人、多いんじゃないですかね」

「ああ……。たぶん、それ実感だよ」

西松がうなずく。「解散・総選挙の意味を、いったい世間のどれくらいの人がちゃんと理解しているかなあ……」

「まさか……」

高丸が言った。「警視庁の特捜本部や総警本部って、過剰反応じゃないでしょうね」

「過剰反応ではないでしょう」

縞長が言った。「大臣の殺害予告であることには間違いないんですから。ただ……」

「ただ、何です？」

「政治家の警備事案となると、警察庁主導になりかねませんから、そこで警視庁にあせりがあったことは否定できないと思います」

「犯人、選挙が終わったらすぐに坂本玄が法務大臣じゃなくなるってことを、知らなかったとしたらまぬけな話だし、知っていたとしたら、ちょっと意味合いが変わってくるんじゃない？」

「意味合いが変わってくる……？」

「そう。法務大臣としてじゃなくて、坂本玄個人を狙っているのかもしれない」

「いや、でも……」

高丸は言った。「法務大臣を殺害するという書き込みだったんだろう?」

「犯人の頭の中では、坂本玄イコール法務大臣だったのよ」

「そうなのかな……」

高丸が考え込むと、縞長が言った。

「捜査本部がどう考えているか、一度確認したほうがいいかもしれませんね」

「そうだな」

西松が言った。「法務大臣の殺害予告なのか、それとも坂本玄個人に対する予告なのか。それによって、大久保ちゃんが言ったように、意味合いが違ってくるかもしれないからな……」

いつの間にか「大久保ちゃん」になっている。「さん」づけは堅苦しいし、「君」は見下《みくだ》しているような感じがする。そんなとき「ちゃん」づけが便利なのでよく使われる。

警視庁本部で、係長クラスが課長から「ちゃん」づけで呼ばれているのを聞いてぎょっとすることもある。

高丸は言った。

「葛木係長に、つい先ほど電話したばかりなので、電話しづらいですね」

縞長が言った。

「ホウレンソウは、こまめなほうがいいんですよ」

ホウレンソウはもちろん、報告・連絡・相談のことだ。

「わかりました」

高丸は、葛木係長に電話した。

「写真は受信した」

「デモ隊は、所轄の説得ですでに解散しています」

「了解した。坂本玄氏が車でそちらに向かったことを確認した。予定どおり午後六時頃着くだろう」

「現在、機捜車を地元事務所の前に駐めています」

「では、そのまま監視を続けてくれ」

「了解しました。あの……。一つ質問してよろしいでしょうか」

「何だ?」

「総警本部はまだあるんですよね」

「当然だ。なぜそんなことを訊く」

「それって、法務大臣の殺害予告に対する措置ですよね。でも、坂本玄個人が狙われているという可能性もあるのではないかと思いまして……」

「法務大臣に対する殺害予告である以上、第一にそれに対処する」

そこで、葛木係長の声が少し低くなった。

「今回の選挙で、坂本氏はおそらくまた当選するだろう。そうなれば、再び入閣する可能性は大だ。上層部では、そういうことも考慮しているのだと思う」

「あ、選挙後のことも考えているということですね」

「彼の人脈のことも考えなければならない」

「はあ……。警察も上のほうになると、政治的判断が必要なんですね」

「上のほうだけじゃなくて、おまえたちにも考えてほしい」

「自分は対象者が誰であれ、殺害予告などという警察を愚弄するような真似《まね》を許すことはできないと考えています」

「それは頼もしい意見だが、大臣の殺害予告となれば、やはり社会的な影響が大きい」

「わかりました」

「法務大臣が到着したら、知らせてくれ。あ、それから……」

「何でしょう？」

「総警本部からのお達しだ。今後、法務大臣のことをJという符丁で呼ぶそうだ。だから、我々もそれにならうことにした」

「J？　何の頭文字でしょう」

「ジャスティスだろう。法務大臣は英語ではミニスター・オブ・ジャスティスだ。では、引き続き、警戒してくれ」

電話が切れた。

高丸は、今の会話の内容を三人に話した。

西松が言った。

「あー、じゃああくまでも坂本氏個人のことは考えずに、法務大臣への殺害予告ということで対処するということだな」

大久保が言った。

「坂本氏じゃなくて、Ｊですよ」

縞長が西松に言った。

「それが捜査本部の基本的な方針ということですね」

「じゃあ……」

大久保が言った。「捜査本部じゃ、あくまで法務大臣のやったことが原因で、殺害予告されていると考えているわけ？」

高丸はこたえた。

「そういうことなんだと思うけど……」

「いや……」

縞長が言う。「そういう結論は、まだ出していないんじゃないですかね。まだ、犯人の手がかりがないでしょうから……」

大久保が言った。

「手がかりがないのはわかるけど、筋を読むのも大切なんでしょう？」

「さあ……」

縞長が、ちょっと困ったような顔になる。「私は捜査幹部の経験もないですし……」

「捜査本部で筋を読んだりするのは、捜査幹部だけなんですか？」

「本当は、ですね。捜査員一人ひとりがちゃんと考えなければならないのかもしれませんがね……。私は割り当てられた仕事をこなすので精一杯でしたね」

「ああ、わかるよ」

西松が言った。「捜査本部ってのは、大勢の捜査員が『せーの』で集中的に捜査するから効果があるんだ。あれこれ考えている暇はないよな」

「へえ……」

大久保はがっかりしたような顔で言った。「あれこれ考えている暇がないのかあ……」

「でもね」

縞長が言う。「それでも、それぞれの捜査員が考えることは大切だと思います」

大久保が笑顔を見せた。

「じゃあ、みんなで考えましょう」

8

午後六時をちょっと過ぎた頃、助手席の縞長が言った。

「あ、あの車。Ｊじゃないですか？」

それは、黒塗りのセダンだった。

高丸は言った。

「いかにも大臣って感じの車ですね」

「ＳＰも同乗しているでしょう」

見ていると、その車は事務所のあるマンションの前に停まった。

運転席から降りてきた男が、後部座席のドアを開けると、長身の男が姿を見せた。

「間違いないです」

縞長が言った。「あれ、Jです。坂本玄ですよ」

すると大久保が言った。

「あ、あの二人はSPですね」

それにこたえたのは西松だった。

「ほう。あれが警視庁のSPか。でかいな」

たしかに、背広姿の二人組が法務大臣に同行している。その一人はえらく大柄だった。彼らはマンションに入って行った。おそらく事務所の出入り口の前に立つのだろう。

そのとき高丸は、法務大臣の公用車にもう一台の車がついてきたのに気づいた。

「あの車……」

「はい」

縞長がこたえた。「見覚えがあります。警視932ですね」

「え、警視932?」

大久保が聞き返す。「何それ……」

「機動隊の遊撃捜査部隊です。機捜みたいなものですね」

「へえ……」

西松が感心したように言う。「警視庁にはそんなものがあるんだね」

警視９３２と機捜２３５との距離は三十メートルほどだ。同じ方向を向いて路上駐車している。警視９３２のほうが前だ。

高丸は言った。

「こっちに気づいているでしょうか？」

縞長がこたえた。

「無線のスイッチ入れてみましょう。連絡があるかもしれません」

埼玉県にいるので、無線は無用と思い電源を落としていたのだ。

スイッチを入れたが、呼びかけはない。縞長が無線機の調整をする。

「捜査系じゃなくて警備系を使っているかもしれません」

周波数を切り替えても、やはり声はしない。

警視９３２の助手席のドアが開いた。降りてきたのは大月だった。彼は早足で近づいてくる。

運転席のドアをノックしたので、高丸はウインドウを開けた。

「やっぱり高丸か。あ、縞長さん。どうも……」

縞長が会釈をした。

高丸は大月に尋ねた。

「警護か？」

「いや。警護はＳＰの役目だ。俺たちは警戒だよ」

彼らは、犯罪の発生に警戒しているということだ。

「警備部の立場は複雑だな……」

「そうでもない。今は、おまえと同じだ」

　すると、西松が言った。

「さて、俺は署に引きあげるかな……」

　それを聞いて、大月が言った。

「あ、川越署の方ですね？」

「そう」

　西松は自己紹介した。大月も名乗った。

「ついでに私も自己紹介します」

　大久保が官姓名を告げた。

「ここは、シマさんたちと、機動隊に任せて、大久保ちゃんもいっしょに署に来れば？」

　西松の言葉に、高丸が言った。

「そうだな。機捜235と警視932で張り込みをやることにする。あとのことは、連絡するから」

「了解しました」

　大久保がこたえる。

　西松が言った。

「あんたら、泊まるところは？」

「いえ、まだ決めてません」

「そうだろうと思った。うちの署の上に待機寮があるから、そこに部屋を用意しておくよ」

縞長が言った。

「私ら、道場の片隅でもいいです」

「いいから、ちゃんとベッドで寝なよ。じゃあ、連絡待ってる」

そう言うと西松は車を降りた。大久保がそれに続いた。

大月が後部座席に乗り込んできた。

「こっちの状況は？」

高丸は、後援会事務所や準備中の選挙事務所について説明した。「大久保は、選挙担当の秘書として、Ｊに張り付くことになっている」

「あ、こっちでもＪって呼んでるんだ」

「総警本部からのお達しだと聞いたぞ」

「何でも大げさなんだよ」

すると縞長が言った。

「本名でなく符丁で呼ぶのは、当然の配慮だと思いますよ」

とたんに大月の口調が変わった。

「あ、おっしゃるとおりだと思います。軽率なことを申しました」

すると今度は縞長が慌てた口調で言った。

「いや、私にそんな改まった口調はやめてください」

「そうだよ」

高丸は言った。「ペア長は俺なんだ」

「そうだったな。でも、おまえがペア長には見えないんでな」

「それは自覚している」

「……で、これからどうする？」

「川越署の西松さんに言ったとおり、ここで張り込みだ。そっちは？」

「俺たちも付き合う」

「捜査系の無線を開けておいてくれ」

「了解」

大月は、縞長に「失礼します」といって車を降りた。そのまま警視932に戻った。ほどなく、無線から彼の声が聞こえてきた。

「機捜235。こちら、警視932。ただ今開局」

縞長がそれにこたえた。

「警視932。こちら機捜235。了解しました」

「この無線。俺たち以外誰も聞いてませんよね」

大月の声だ。

「基本的に都内で使うことを想定していますからね。比較的遠くまで届く車載用の無線ですけど、ここからは警視庁管内へは届かないでしょう。ＳＰは別系統でしょうし」

「じゃあ、俺たち専用の無線ということになりますね」

「今のところはそうですね。警視庁の捜査車両が増えたり、埼玉県警の周波数に変えれば話は別ですが」

「了解しました。何かあったらすぐに知らせます」

「こちらもそうします」

それ以降無線は沈黙した。

高丸は言った。

「あいつ、何が言いたかったんでしょう」

「内緒話もできるということじゃないですか？」

「無線で内緒話するばかはいませんよ。どこで誰が聞いてるかわからないんだから……」

「たぶん、退屈だったんでしょう」

「退屈するのはこれからですよ」

それからしばらく動きはなかった。

午後八時頃、坂本玄が秘書の中沢といっしょに姿を見せた。黒の公用車に乗り込んだ。後部座席だ。ＳＰたちもその車に乗り込む。

二台の車が出た。中沢がマンションの前に立ち、それを見送っている。

助手席の縞長が言った。

「ついていきましょう」

「了解」

高丸は機捜２３５を発進させる。大月たちの警視９３２も動き出した。

坂本玄が乗ったハッチバック、機捜２３５、警視９３２の順に連なり北に向かった。

「これ、川越街道なんですね」

カーナビを覗《のぞ》き込んで縞長が言う。

事務所のマンションの前の道だ。しばらく進むと、坂本玄の車は路上で停止した。高丸はその後ろに機捜２３５を付けた。すぐ後ろに警視９３２が停まる。

坂本玄が車から降りて、左手の一軒家に進んでいった。

「自宅のようですね」

縞長が言う。住所表示は川越市松江町《まつえちょう》二丁目だ。

「移動したことを、西松さんに知らせたほうがいいですね。私、電話します」

縞長が携帯電話で連絡を取った。

「周囲を巡回しましょう」

高丸が言うと、縞長はうなずいて無線のマイクを取った。

「警視９３２。こちら機捜２３５。私たちは巡回してきますので、ここで見張っていてください」

「了解しました」

他に誰も無線を聞いていないという気楽さのせいだろう。大月はお互いのコールサインも言わない。

高丸は車を発進させた。

「住宅街ですね」

周囲を見ながら、高丸は言った。

「立派な家が並んでますね」

縞長がこたえた。「あ、見事な庭の豪邸もありますね……」

高丸はゆっくりと車を進めながら、周囲に視線を走らせていた。不審な人物や車両は見当たらなかった。

何度か同じ経路を巡回し、三十分ほどでもとの場所に戻った。

「高丸、お疲れ」

無線から大月の声が聞こえてきた。完全にくだけた口調だ。高丸はマイクを取って言った。

「異常なしだ。のどかな住宅街だよ」

トークボタンを放すと、返答があった。

「じゃあ、今度は俺たちがパトロールするから、高丸たちはそこで監視しててくれ」

「わかった」

警視９３２が発進した。

「さて……」

縞長が言った。「交代で見張ることにしましょう。高丸さん、先に休んでください」

「いや、こういうのは年齢順じゃないですか」

「ペア長を差し置いて休めません」

ここで譲り合っていても仕方がない。高丸は言った。

「じゃあ、お言葉に甘えて、先に休ませてもらいます」

「はい」

高丸はシートの背もたれを倒して目をつむった。眠れなくても、そうしているだけで、眠るのに近い脳の休息が取れると聞いたことがある。

眠るつもりはなかったが、いつしかうとうとしていたようだ。無線の声で目が覚めた。

「静かな住宅街だな。人通りもあまりない。これから戻る」

「警視932。機捜235、了解」

縞長がこたえるのが聞こえた。

「あ、縞長さんですか。すいません。今から戻ります」

それからしばらくして、高丸はまたうとうとした。

一時間ほどで目を覚まし、縞長と交代した。警視932でも、同様に交代で監視を続けているようだ。

何度か監視役を交代すると、夜が明けた。午前八時頃に、大久保と西松がやってきた。サイドウインドウを開けると、大久保が言った。

「交代しましょう。お二人は休んでください」

続けて西松が言った。

「待機寮に部屋を用意してある。署に行けばわかるようにしてあるから……」

「警視932の二人は……?」

「それもだいじょうぶだ。この車には俺たちが乗るから、あっちの車で署まで行ってくれ」

「わかりました」

高丸と縞長は車を降りた。入れ替わりで、西松が運転席に、大久保が助手席に乗り込む。警視932に近づくと、大月に事情を説明して、後部座席に乗った。

助手席の大月が言った。

「ベッドで仮眠を取れるなんて、ありがたいな。ずっと車の中だと覚悟していたんだが……」

高丸はこたえた。

「川越署の気づかいに感謝だな」

警視932が川越署に着くと、高丸と縞長が受付に行き、事情を説明した。すると、受付の制服を着た署員が言った。

「ああ、話は聞いています。今、案内させます」

縞長が言った。

「いえ、それには及びません。場所を教えていただければ……」

「いやいや。お客さんに失礼があっては、川越署の名が泣きますので」

大月と東原が来るのを待って、独身寮に案内してもらった。西松は「待機寮」と言っていたが、警察の独身寮はそう呼ばれることもある。

いつ呼び出されるかわからず、寮にいるのはあくまで出動の待機をしているのだという意味だ。

署の建物自体が新しいが、寮も新しくきわめて清潔だった。基本は一部屋に一人住まいだが、案内された部屋には二段ベッドがあった。

大月たちの部屋も同様だった。休憩所として利用されることを前提に用意された部屋なのだろう。

縞長が言った。

「上等な部屋ですね。ここなら何日も居座れます」

「いや、できれば早期解決で、東京に帰りたいですね」

大月が言った。

「じゃあ、俺たちも休憩する。何かあったら起こしてくれ」

彼らは自分の部屋に向かった。

高丸は上の段のベッドを使うことにした。さっそく潜り込む。休憩できる時間は短い。少しでも熟睡したい。

下の段のベッドの縞長もすでに寝る態勢に入っている。

枕元に携帯電話を置いて目を閉じた。ほどなく高丸は眠りに落ちた。


携帯の振動で目を覚ました。大久保からだった。

「坂本さんが、後援会事務所に移動します」

「坂本さんじゃなくて、Jだよ」

「あ、すいません。後援会事務所にも選挙事務所にも坂本玄って名前が書いてあるもので、つい……」

「後援会事務所では座談会があると言っていたな」

「そうです。支援者の人たちと……」

「わかった。すぐに向かう」

ベッドから下りると、縞長はすでに外出の準備を整えていた。

「眠ったんですか?」

高丸が尋ねると、縞長はこたえた。

「ええ。三時間ほどぐっすり」

Ｊが後援会事務所に移動することを伝えた。

縞長が言った。

「じゃあ、警視９３２に乗せてもらいましょう」

高丸はうなずき、大月に電話した。呼び出し音三回で出た。

「Ｊが後援会事務所に向かう。座談会をやるそうだ」

「了解。車のところで会おう」

高丸と縞長は、駐車場に向かった。


後援会事務所の前の駐車スペースはいっぱいだった。機捜２３５もそこに駐まっている。

大月が東原に言った。

「仕方がない。路上駐車しよう」

高丸は言った。

「川越署の交通課に駐車違反の切符を切られるぞ」

半分冗談だが、実際にあり得ることだ。

大月が言った。

「そのときはそのときだ」

四人は車を降りて、事務所に向かった。

昨日よりはるかに人が多かった。事務所のスタッフやボランティアに加えて座談会に参加する支援者たちがいるのだ。

支援者の数は二十人ほどだ。楕円形のテーブルを囲んで、二重にパイプ椅子が並べられている。

座談会の参加者は、そのパイプ椅子に着席している。昨日は広いスペースだと思っていたが、これだけの人が入るとかなり窮屈な感じがする。

「高丸さん……」

縞長が小声で呼びかけてきた。

「どうしました?」

「昨日、デモ隊の中にいた人がいます」

「え……。座談会の参加者の中にですか?」

「そうです。グリーンのポロシャツを着ている四十歳くらいの男性です」

縞長が言うのだから確かだろう。人着《にんちゃく》に関して彼が間違えることはあり得ない。

抗議デモをしていた人が、支援者として座談会に参加している。これはどういうことだろう。

「大月や大久保たちにも知らせましょう」

高丸が言うと、縞長はうなずいた。

9

座談会ということになっているが、事実上は坂本玄の演説会と大差ないと、高丸は思っていた。参加者といっしょにテーブルを囲んだ坂本玄は、昨今のさまざまなテーマを取り上げて、それに対する持論を展開する。

時折彼は、参加者を指名して意見を聞いたり、質問を受け付けたりした。終盤に質疑応答の時間があったが、その時間もほとんど坂本玄が話をしている印象があった。

座談会の様子を見ながら、高丸はスマホに保存してあるデモ参加者の写真を見ていた。縞長が言った男を見つけるためだ。

ほどなく、その写真は見つかった。高丸は、縞長に確認した。

「この男ですね」

「そうです」

「見覚えがないか、西松さんに訊《き》いてみましょう」

「あ、そうですね」

二人は、出入り口近くにいる西松に近づいた。高丸はスマートフォンの写真を差し出し、尋ねる。

「この男、知りませんか?」

西松は、スマートフォンを手に取り、画面を見た瞬間に言った。

「あ、これ、木田《きだ》じゃないですか」

高丸は思わず聞き返した。

「知ってる人ですか?」

「もちろん知ってる。坂本法相……、おっと、Jだったな。彼の事務所前での抗議行動によく参加しているんだ」

縞長が尋ねた。

「信用できる人なんですか?」

西松は周囲を見回してからこたえた。

「ここではちょっと、そういう話はできないな」

縞長がうなずく。

「ごもっともです。座談会が終了したら、機捜車の中ででも話をしましょう」

それから三十分ほど経《た》った午後二時半頃に座談会は終わった。参加者たちの大半は帰路に就いたが、何人かは坂本と立ち話をしている。

高丸が、縞長と西松に言った。

「ここは大月たちに任せて、機捜235に戻りましょう」

高丸は後援会事務所を出ると、駐めてある車に戻った。縞長が助手席に、西松が後部座席に座った。

縞長が西松に尋ねた。

「あの男性は、どういう人なんです？」

「名前は、木田繁治《しげはる》。年齢はたしか四十五歳だな。職業はスーパーの警備員なんだが……」

「警備員……？　もしかして、元同業者ですか？」

「当たりだ。シマさん、さすがだね。木田は元警察官だ。しかも、警視庁だった」

「何となく、そんな感じがしました」

高丸はふと疑問に思って尋ねた。

「元警察官が、法務大臣に対する抗議活動をしているわけですか？」

「訳ありでね……」

縞長が尋ねる。

「何があったんです？」

「先輩刑事が殺されちゃってさ」

「殺された……」

「たちの悪い殺人犯を追っていたんだ。先輩刑事は取り調べで多少無茶なことをやっちまったんだね。すると、違法捜査だから供述に証拠能力がないってことになって、裁判で無罪になっちまった」

「被疑者は放免ですか？」

「そう。そして、その被疑者に先輩刑事は殺害されてしまった」

高丸は尋ねた。

「その犯人はどうなったんですか？」

「今も刑務所にいるよ。けど、殺された刑事は帰ってこない。あのとき、裁判で有罪になっていれば、先輩刑事は殺されずに済んだはずだと、木田はずいぶんと裁判の結果に腹を立てたらしい」

縞長が言う。

「司法制度に不満を抱いているわけですね。それで、司法の親玉である法務大臣に批判的だと……」

「警察を辞めて、気持ちの整理がついたんだろうね。今はもうそんなことは忘れて、平穏に暮らしているように見えるね」

高丸は言った。

「でも、抗議デモをやってるんですよね」

「吹っ切ったつもりでも、問題意識は残るんだろうね。けど、抗議活動も熱心にやっているという感じじゃない。誰かに誘われて参加しているんじゃないかね」

「なるほど……」

縞長が何度かうなずいた。

「さて……」

西松が言った。「俺はこれで引きあげていいかね？　今日は土曜日で本来なら休みなんだ」

縞長が即座にこたえた。

「ええ、もちろんです。そもそもこれ、警視庁の事案ですからね」

「選挙運動が始まったら、俺たちも大忙しになるからね。今のうちにのんびりさせてもらう。じゃあな」

西松が機捜235を降りた。

ほどなく、坂本玄が後援会事務所を出てきた。二人のSPがすみやかに左斜め前と右斜め後ろを固める。

「あ、移動するみたいですね」

縞長の言葉に、高丸はうなずいた。

「公用車の後についていきましょう」

「あれ、大久保さんですよ」

その言葉に、公用車のほうを見ると、たしかに大久保が後部座席に乗り込むところだった。

縞長が感心したように言う。

「いやあ、大臣の車に同乗するなんて、たいしたもんですね」

「車、出します」

「左オーライ」

縞長の声に促されて、高丸は機捜235を発進させた。


坂本法相の車は、地元事務所のマンション前に停車した。警視932も同行している。高丸は、その二台の後方に車を停めた。

縞長が言った。

「さて、しばらく動きはなさそうですが……」

時計を見ると午後二時四十分だった。高丸は言った。

「腹が減りましたね」

「朝から何も食べていませんからね」

「大月たちと連絡を取ってみましょう」

高丸は無線のマイクを取って呼びかけた。

「警視932。こちら機捜235。感度ありますか?」

すぐに返事が返ってきた。

「機捜235。こちら警視932。メリットファイブ。高丸か?」

「飯食ってきたいんだけど、しばらくこの場を頼める?」

「了解。そっちが戻ってきたら、俺たちも交代で飯に行くわ」

「わかった」

他に誰も聞いていないと思うと、無線連絡も気楽だ。携帯電話で話をしているようなものだ。

高丸と縞長は車を降りて、すぐ近くにあるラーメン屋に入った。そして、二十分後には食べ終えていた。

今度いつ食事できるかわからない。だから、ゆっくり味わって食べればいいものを、つい早食いぶりを発揮してしまう。警察官はだいたいそうだ。

午後三時十五分に車に戻り、大月に無線連絡した。

「今戻った」

「ああ、視認してるよ」

「食事、行ってくれ」

「じゃあ、お言葉に甘えて……」

大月と東原が車を降りるのが見えた。高丸たちが食事をしたラーメン屋に行くようだ。

「木田ですが……」

高丸は言った。「どう思います?」

縞長が聞き返す。

「どうって……?」

「法務大臣を狙う動機は充分にありますよね。それに、事務所の前でデモやったり、座談会に出席したり、坂本玄のごく身近にいるわけですから……」

「殺害予告犯の可能性があるってことですよね」

「そう思いませんか?」

「たしかにそう言われるとそのとおりなんですが……」

「シマさんは違うと……?」

「いや、まだどちらとも言えないと思ってるんです。動機は充分と言いましたが、それもどうでしょうね……」

「だって、司法制度に不満があるんでしょう?」

「犯行の動機って、もっと直接的というか、生々しい事情なんじゃないかと思いまして……」

「先輩刑事が殺害されたんです。生々しいでしょう」

「私なら、殺した犯人や判決を下した裁判官を怨《うら》みます。法務大臣は感覚的にちょっと遠すぎるんじゃないかと……」

　高丸は考え込んだ。

「たしかに、怨むべきは殺人犯だし、裁判には裁判官、検察官、弁護士と、いろいろな人が関わったでしょうから、まずはそこに眼がいくはずですね……」

「ともあれ……」

　縞長が気分を変えるような口調で言った。「手がかりになるかもしれません。本部に報告するべきですね」

「そうですね」

　高丸は携帯電話を取り出した。「葛木係長に電話します」

　呼び出し音三回で、葛木係長が出た。

「気になる人物がいるので報告します」

「何者だ？」

「送ったデモ参加者のデータの中の一人です。名前は木田繁治、年齢四十五歳。川越署の係員によると、木田は元警視庁の警察官だということです」

「デモの参加者？　どの人物だ？」

「改めて木田の写真を送ります」

　目で合図すると、縞長が自分のスマートフォンを取り出した。データを捜査本部に送るのだ。

「デモ参加者の中で、特にその木田が気になるという理由は？」

　高丸は、西松から聞いた話をできるだけ簡潔に伝えた。

話を聞き終えると、葛木係長は言った。

「その件は記憶にある。俺たちもずいぶんと悔しい思いをした覚えがある」

それから、短い無言の間があった。再び、葛木係長の声が聞こえてきた。

「木田の写真を確認した」

「見覚えはありますか？」

「ないな。だが、誰か知っている者がいるかもしれない。こちらで当たってみる」

「はい」

「充分に警戒しろ。元警察官なら、我々の裏をかく方法も知っているだろう」

「了解しました」

「他には？」

「Jは後援会事務所での座談会を終えて地元事務所にいます。現在、ＳＰと警視９３２、そして我々機捜２３５が警戒に当たっています」

「警視９３２？」

「警備部の遊撃隊です」

「ああ、総警本部から派遣されたのか。では、その連中と連携してくれ」

「はい」

電話が切れた。

「葛木係長は、木田の先輩刑事が殺された事件が記憶にあると言っていました」

「ああ……」

縞長が言った。「私も思い出しました。衝撃的な事件でしたから」

「木田の顔に見覚えはありませんか?」

「デモで見たのが初めてだと思いますよ」

「そうですか。シマさんがそう言うんだから、間違いないですよね」

「木田はきっと、どこかの所轄にいたんじゃないでしょうかね。同じ署や同じ部署にいないと、なかなか出会うもんじゃないですよ。警視庁の警察官は四万以上いますからね」

「そりゃそうですね」

無線から大月の声が流れてきた。

「機捜235。警視932は、今戻った」

高丸はマイクを取った。

「了解。特捜本部から、そちらと連携しろと言われた」

「言われなくても、連携してるよな」

「この調子でやれってことだろ」

「了解。さて、それじゃしばらくいっしょに警戒するとしよう」

坂本法相に動きがあるまで、この場に張り付くということだ。

無線のやり取りを聞いていた縞長が言った。

「さて、じゃあ、腰を据えますか」


それからしばらくは動きがなかった。

昨夜……、というか今朝方に三時間ばかりの仮眠を取っただけだったし、腹が満たされたせいで、睡魔が襲ってくる。

縞長も同じ状態なのだろうか。何も話そうとしない。それが、高丸の眠気を助長する。

突然、携帯電話が振動して、うとうとしていた高丸は、はっと目を見開いた。

安永所長からだった。

「はい、高丸」

「大久保、法務大臣に張り付いているんですって?」

「選挙担当の秘書に扮《ふん》しています。今も、地元事務所でJといっしょにいると思います」

「J……?」

「あ、総警本部の要請で、今後法務大臣をそう呼ぶようにと……」

「警備部のやることはスパイじみてるわね」

「はあ……」

「地元事務所で大久保といっしょにいるということは、そのJは川越にいるのね?」

「はい。昨日から地元に入っています」

「そう。三人とも、変わりないのね?」

「変わりありません。そちらはどうですか?」

「相変わらず、三交代でやってる」

「そうですか」

「最悪、選挙が終わるまで戻ってこられないよね」

「それは、特捜本部次第ですね」

「うちの隊員返せって、葛木係長にねじ込んでやろうかしら」

所長なら本当にやりかねないと、高丸は思った。

「そんなことをしたら、葛木係長が板挟みになるだけです」

「板挟みにしてやりたいわ。じゃあね」

電話が切れた。

縞長が尋ねた。

「所長ですか？」

「そう。ただの様子うかがいのようでした」

「本来なら、こっちから報告の電話を入れるべきでしたね」

「葛木係長には連絡していますが、所長にはしていませんでしたね。今後は気をつけましょう」

電話のおかげで、眠気が覚めた。時計を見ると、午後四時を回ったところだ。

警視９３２を見たが、その車内にも動きが見られない。高丸は無線のマイクを取って呼びかけた。

「警視９３２。こちら機捜２３５。起きてるか？」

大月の声が返ってくる。

「なんとか起きてるよ。居眠りしている間にテロが起きましたじゃ、言い訳できないからな」

「Ｊはいつまでここにいるつもりかな……」

「さあな。選挙直前で、いろいろたいへんなんだろう」

「いつまで川越にいるつもりだろう」

「明日には東京に帰るだろう」

「え……、そうなのか？」

「たぶん、そういう予定だと思う」

誰も聞いていないはずだが、それでも無線で話す内容ではないと思った。理論的に無線は誰でも傍受できる。警察無線はデジタル化されていて、内容を聞き取ることはできないが、それでも百パーセント安全とは言い切れない。

「機捜235以上。じゃあ、またな」

そう言って、高丸はマイクをフックに戻した。

縞長が言った。

「おそらく、月曜日には法務省に登庁するのでしょうね」

「土日で地元の用事を片づけるということですね」

「議員も楽じゃなさそうですね」

それからまたしばらく、沈黙が続いた。張り込みが永遠に続くような気がしはじめた頃、縞長の声がした。

「あ、SPが出てきました。Jが移動するようです」

時計を見ると、午後八時になるところだった。

高丸は車のエンジンをかけた。

JとSPが黒塗りの車に乗り込むのが見える。

「あれ……。大久保だ」

　高丸は思わずつぶやいていた。大久保が機捜235に向かって駆けてくるのが見えた。

黒塗りの公用車が出発する。それに警視932が続く。

後部座席に大久保が飛び込んできた。彼女がドアを閉めると同時に高丸は車を出した。

「シートベルトをしてくれよ。捕まると俺の点数が引かれる」

高丸が言うと、大久保の声が返ってきた。

「わかってる。Jの行き先は、自宅よ」

「了解」

高丸は、警視932のテールランプを追いながらこたえた。

「いやあ、退屈だった」

大久保が言った。「事務所にいて、何もすることがないんだもの」

高丸は尋ねた。

「選挙運動の打ち合わせとか、なかったのか?」

「そりゃあったけど」

「選挙担当の秘書だろう? 退屈ってことはないだろう」

「本当の秘書じゃありませんから」

「そりゃまあ、そうだけど……」

「でも、耳寄りな話、聞きましたよ」

「耳寄りな話……?」

「秘書の北浦綾香のことです。聞きたいですか?」

縞長が言った。

「もちろん。ぜひ聞きたいですね」

10

「北浦さんは、坂本玄と個人的な関係があったようですよ」

大久保の言葉に対して、高丸は言った。

「坂本玄じゃなくて、Jと呼べよ」

縞長が言った。

「個人的な関係って、具体的にはどういうことです?」

「最初の選挙のときに、事務所にJ本人が連れて来たんだそうです。そのときはボランティアとして選挙活動を手伝い、その後秘書になったということです」

「当選して議員秘書になったということでしょうか?」

「ところが、その最初の選挙で、Jは落選してるんです」

「落選……」

「そう。それから一念発起して選挙というものを勉強しなおして、二度目の挑戦で当選したらしいです。その浪人の時期、北浦さんは私設秘書をやっていたんだそうです」

高丸は確認した。

「浪人時代って、選挙に落ちて、次の選挙までの期間ということだな?」

「そうです」

「正式な議員秘書じゃないから、私設秘書か……。最初の選挙事務所に本人が連れてきたということだから、Jはかなり北浦のことを気に入っていたんだな」

「それって、つまり……」

縞長が慎重な態度で尋ねた。「男女の仲だったということでしょうか」

「そこなんですよ」

大久保が身を乗り出す。「北浦さん本人は尋ねても鼻で笑ってるようだし、誰もJにそんなこと訊けないでしょう? 訊いても本当のことを言うとは限らないし……」

「つまり、そういう事実はなかったということでしょうか」

「でも、怪しいと思っている人はいるんじゃないかしら。ほら、秘書って地元でも東京でもいっしょでしょう?」

「第一秘書は、中沢さんなんでしょう?」

「中沢さんの仕事は主に政策なんだそうですよ。もう六十を過ぎているし、議員といっしょに移動するのはたいへんなので、いっしょにいて身の回りの世話をするのは北浦さんの役目だそうです。そうなると、何があってもおかしくないですよね」

「大久保さんはどう思います?」

「そりゃ、怪しいって思いますよね。そして、もし二人の間にトラブルがあれば、殺害予告の動機になるんじゃないかと……」

「待て待て」

高丸は驚いた。「先走っちゃいけない。何か根拠があって言ってるのか?」

「根拠はないです。でも、蓋然性はあるかと……」

「蓋然性って、つまりありありそうな話だってだけのことだろう? それだけで疑うことはできないよ」

「疑うっていうか、筋を読んでいるんですよ」

「また筋読みの話か……」

「そうですよ。捜査員一人ひとりがちゃんと考えるべきだって、縞長さんも言っていたじゃないですか」

「はい」

縞長がうなずく。「たしかにそうなんですが、筋読みって危険でもあるんです」

「え……?」

大久保が目を丸くする。「どういうふうに危険なんですか?」

「例えば、地検特捜部です。彼らは、確固とした証拠があるわけではなく、あいつは犯罪をやっていてもおかしくない、とか、悪いことをしているはずだ、というところから出発して立件を目指すんです。現行犯とかではないし、証拠や証言も得にくい。だから、いわゆる『絵を描く』わけです」

「筋書きを作るわけですね?」

「そうです。それで、被疑者を追い込んでいく。しかし、出発点で確証がないわけですから、自分たちが作った筋書きに合った証拠だけを取り上げたり、証拠の改竄《かいざん》までやってしまうわけです」

「それで、冤罪をやっちゃうんですね」

「そうです。刑事の筋読みも、それと同じ危険を孕《はら》んでいるんです」

「でも、あれこれ推理したくなりますよね」

「推理より大切なのは、事実の積み上げなんです」

「ふうん……」

大久保が考え込んだ。

高丸は尋ねた。

「だいたい、今の話、誰から聞いたんだ？」

「中沢さんですよ」

「えっ。第一秘書の？」

「そうです」

「何をどういうふうに質問したら、そんなことを聞き出せるんだ？」

「私は別に質問なんてしていません」

「質問していない？」

「はい。やることがないんで、ぼうっとしていたら、中沢さんのほうから話しかけてきて……」

「そして、北浦さんのことを、勝手に話しはじめたっていうのか？」

「勝手にというか……。私がこう言ったんです。北浦さんって、すごく有能そうですねって……。そしたら、中沢さんが乗ってきて……」

縞長が言った。

「いやあ、大久保さんの本領発揮ですね」

高丸も同感だった。事務所で法務大臣に張り付いていたとしても、他の者なら秘書の話など聞き出せはしないだろう。

「有力な情報だと思ったんですけどね」

大久保が言った。「あんまり役に立ちませんかね……」

縞長が言う。

「いや、そんなことはありません。人間関係は手がかりになり得ます」

大久保は嬉《うれ》しそうに言った。

「そうですよね」

坂本法相の車が自宅の前に停まった。その後に警視９３２が停車したので、高丸はその後ろに車を付けた。

坂本玄は自宅に入り、二人のＳＰが家の前に立った。時刻は午後八時十五分だ。

「高丸。聞こえる？」

大月の声が無線機から流れてくる。

高丸はマイクを取ってこたえた。

「聞こえてるよ。どうぞ」

「俺たちは、ここで張り込みだ」

「俺たちも付き合うよ」

「そいつはありがたいな。交代で休めるな」

「川越署の寮に戻らないのか？」

「ああ。このままここにいるつもりだ」

「了解」

高丸はマイクを戻した。

縞長が言った。

「さすが警備部は根性がありますね」

高丸は言った。

「刑事部だって、張り込みくらいは平気ですよ」

「ねえ……」

大久保が言った。「お腹《なか》すきません？」

「そう言えば……」

縞長が言った。「三時前にラーメンを食べたきりですね」

高丸は言った。

「今のうちに、交代で食事に行きましょう」

「そうですね。じゃあ、最初に大久保さん、行ってください」

「はい。行ってきます」

彼女は車を降りた。松江町の交差点のほうに歩いて行く。

高丸は縞長に言った。

「北浦っていう秘書の件、特捜本部に報告しておくべきでしょうか?」

「そうですねえ……」

縞長が考え込んだ。「どんなことが手がかりになるかわかりませんから。些細《ささい》なことでも報告しておいたほうがいいでしょうね」

高丸は携帯電話を取り出して、葛木係長にかけた。

「どうした?」

「Jの地元事務所での人間関係について、大久保が入手した情報があるので、報告しようと思いまして……」

「どんな人間関係だ?」

「北浦綾香という秘書についてです。Jは最初の選挙のときに、ボランティアとして彼女を選挙事務所に誘ったのだということです」

「最初の選挙……?」

「はい。そのときは落選したのだそうですが……」

「議員になる前からの知り合いということだな?」

「はい。浪人時代は私設秘書だったようです」

「深い関係だということか?」

「そこまではわかりません」

「引き続き、探ってみろ。何か出てきたらめっけもんだ」

「了解しました」

「Jの様子は?」

「地元事務所から自宅に移動しました。我々は自宅の前で張り込んでいます」

「わかった」

電話が切れた。

高丸は縞長に言った。

「引き続き、北浦綾香のことを探ってみろということでした」

「では、大久保さんに任せましょう」

それからしばらくして、大久保が戻ってきた。

高丸は尋ねた。

「どこで食べた?」

「鰻屋があって、そそられたんだけど、やっぱ時間がかかると思って、その向かいにあるラーメン屋にしました」

縞長が言った。

「じゃあ、次は高丸さん、行ってきてください」

すると大久保が言った。

「二人で行ってきてください。そのほうが時間の節約になります」

高丸はこたえた。

「そうしよう。２３５のキーを渡しておく」

「了解です」

高丸と縞長は車を降りて、交差点に向かった。

高丸は言った。

「やっぱりラーメン屋ですかね……」

「大久保さんの選択は間違ってませんよね」

「昼も夜もラーメンか……」

「チャーハンや丼ものもあるでしょう」

結局高丸はチャーハンを注文した。縞長はまたラーメンだった。


縞長とともに車に戻ると、高丸は大月に無線で連絡して、食事に行くように伝えた。大月は「東原と交代で行ってくる」と言った。ほどなく、大月が車を降りてやはり松江町交差点のほうに歩いていくのが見えた。

高丸は大久保に言った。

「葛木係長が、引き続き北浦綾香のことを探ってみろと言っていた」

「え？　本部に報告したんですか？」

「ああ。シマさんも、そうしたほうがいいと言うんで……」

「それって、俄然《がぜん》やる気になりますね」

「あまりやる気を出すと空《から》回りするぞ」

「だいじょうぶですよ。私、やる気が前面に出ないタイプなんで」

「そう言えばいつも、やる気があるようには見えないよなあ」

「だから、そう見えないだけなんですよ」

縞長が言った。

「いつもどおりの大久保さんでいたら、きっといろいろな情報を聞き出せるでしょうね」

「ところでさ……」

高丸は言った。「Jって、どんな人なんだ？」

「すごく頭がよさそうな人ですよ。東大の法学部を出てるんですから」

「東大法学部？　そうだっけ？」

「確かですよ。これも中沢さんが言ってたんで……」

「じゃあ、エリートなんだ」

「最初の選挙では、それがかえって仇《あだ》になったんだって……」

「仇になった……？」

「選挙って、結局どれだけ有権者に頭を下げられるかでしょう？　エリートにはなかなかきついんですよ」

「なるほど」

縞長が言った。「そういうことをちゃんと学んで、二度目の選挙で結果を出したわけですね」

「本人は気さくな人ですよ。スタッフにも気づかいしているし……。きっと、一度失敗したことがよかったんじゃないでしょうかね」

高丸は言った。

「じゃあ、失敗しなかったら嫌なやつだったってこと?」

「東大法学部卒のエリートなんて、そんなものでしょう」

「そりゃあ、偏見じゃないかなあ」

そのとき、無線から大月の声がした。

「俺たちは、そのへんを一回りしてくる」

大月と東原が食事を終えたようだ。

縞長がマイクを取ってこたえた。

「機捜235、了解です」

警視932が発進した。

大久保が言った。

「あ、無線使ってるんですね。捜査専務系ですか?」

「そう。俺たちしか使ってないから……」

「SPは?」

その問いにこたえたのは縞長だった。

「きっとハンディーでしょう」

「無線で連携しないと意味ないですよね」

「そうですね」

縞長が言う。「川越署の西松さんたちとも無線で連絡が取れたほうがいいです」

「じゃあ……」

高丸が言った。「無線を三系統持つことになるな……。車載の専務系とハンディーと、そして川越署の署活系《しょかつ》」

縞長が言った。

「ややこしいかもしれませんが、必要でしょうね。本部に相談してみましょう」

しばらくすると、警視932が戻ってきた。無線で連絡を取り合い、今度は機捜235がパトロールに出る。

異常は見当たらず、もとの位置に戻ると、三人交代で張り込みを続けた。二人が見張りをする間、一人が仮眠を取るのだ。

大月たちも交代で警戒を続けているはずだ。

そして、朝がきた。

午前八時頃、ＳＰの一人がやってきて運転席の窓をノックした。

高丸は窓を開けた。

「どうしました？」

「食事を用意したから中で食べてくれということだ」

「え……？　自分らが大臣の家に、ですか？」

「我々もごちそうになる」

そう言うと、長身のＳＰは自宅の中に消えた。

見ると、大月と東原も自宅のほうに向かった。

縞長が言った。

「いやあ、朝食の用意とはたまげましたね」

大久保が言う。

「行きましょう。お腹すいたし」

坂本法相の自宅は、思ったよりずっと質素だった。特別な調度など何もなく、ごく庶民的なたたずまいだ。

和室に大きな座卓があり、そこにご飯・味噌汁《みそしる》・焼き魚という典型的な日本の朝食が用意されていた。

警察官たちが席に着くと、そこに坂本法相本人がやってきた。

「さあ、食おう」

高丸はすっかり驚いてしまった。警察官だけで食事をするものと思っていたのだ。

坂本玄は、どっかとあぐらをかくと、食事を始めた。

まず、ＳＰが箸《はし》に手を付ける。それを見て、高丸たちも箸を取った。

坂本玄が食べながら言った。

「ＳＰの二人は知っているし、大久保さんには昨日会った。あとの方々のお名前をうかがっておこうか」

大月と東原が縞長の顔を見た。こういうときは年の順だ。縞長が慌てた様子で茶碗と箸を置き、自己紹介した。

それから、高丸、大月、東原の順番で官姓名を名乗った。

「俺は名前を覚えるのが苦手なんだ。だから、この先、失礼があるかもしれないが、勘弁してくれ。覚えるように努力するから」

坂本法相は、ご飯をかきこんだ。朝食を平らげ、茶をすすると言った。

「今日はずっと地元事務所に詰めている。大久保さんもいっしょに来るといい」

「あ、はい」

「じゃあ、出かけよう」

坂本法相は、警察官も顔負けの早飯だ。

大久保が口をもぐもぐさせながら、坂本法相を追っていった。公用車に乗せてもらうのだ。

「自分らも行きましょう」

高丸のその言葉を合図に、縞長、大月、東原の三人が同時に立ち上がった。

11

坂本法相は、午前八時半過ぎに地元事務所に入った。

警視932と機捜235は、黒塗りの車を追って事務所が入っているマンションの前にやってきた。

それぞれに、監視しやすい場所を見つけて駐車した。黒塗りの車も路上駐車している。

「法相の車が、駐禁の切符を切られたら、スキャンダルになりますかね?」

高丸が言うと、縞長が「うーん」とうなってから言った。

「法相の車だとわかった段階で、もみ消すんじゃないですかね……」

「まさか、そんな……」

「私は交通部や交通課の経験がないので、何とも言えませんねえ……。たぶん、法相の車は違反切符は切られませんよ」

「なぜです？」

「運転手が乗っているでしょう？　定期的に車を動かすはずですから……」

駐停車禁止の区域では、車を停めた段階で違反だ。だから車を移動させようが違反は違反なのだ。

しかし実際には、縞長が言ったように、短時間で移動を繰り返していれば切符を切られる危険は少ない。

ＳＰたちは法相といっしょにマンションに入った。黒塗りの車を降りた大久保も、事務所に向かったようだ。その姿を見て、高丸は言った。

「彼女、すっかり法相の懐に入り込みましたね」

「いやあ、たいしたものです」

「さて……」

高丸は縞長に言った。「またしばらくは監視ですね」

「今のうちに、特捜本部に連絡してはどうです？」

「そうですね」

高丸は携帯電話を取り出して、葛木係長にかけた。

「どうした?」

「Jは自宅を出て、午前八時半過ぎに地元事務所に入りました」

「了解した」

「警視932の乗組員によると、Jは今日中に東京に戻る予定らしいです」

「我々も、総警本部からそう聞いている」

「自分ら機捜235はどうしましょう? Jといっしょに帰京しましょうか?」

「いや。大久保に張り付いているのが、君らの役目だ」

法相より大久保か。一瞬そんなことを思ったが、もちろん口には出さなかった。

「わかりました。では、こちらで待機します」

「SNSの書き込みについて調べていた班からの報告があった。空振りだ」

「投稿者の素性《すじよう》がわからなかったということですね?」

「投稿者の端末は、VPNに接続しているらしい。だから、IPアドレスなどが確認できなかった」

VPNのことをちゃんと説明しろと言われても、高丸には無理だ。

「SNSの管理者に問い合わせてもだめでしたか……」

「管理者も、本名や住所などは知らなかったようだ」

「アカウントは、誰でも作れてしまいますからね」

「入管法改正や、死刑囚の再審など、Jが在任中に関わった事案の関係者を当たっているが、今のところ手ごたえはない」

「そうですか」

「そちらはどうだ？」

「昨日から進展はありません。あ……」

「どうした？」

「Jの自宅で、朝ご飯をごちそうになりました」

「そんな報告はいい」

「あ、すいません。ちょっと感激したもので……」

「たしかに、大臣の家でご飯をごちそうになることなど、滅多《めった》にあることじゃないからな。気持ちはわかる。他には？」

「特にありません」

電話が切れた。

高丸が、今の電話の内容を伝えると、縞長が言った。

「VPNって何です？」

「専用線って知ってますか？」

「特定の人だけが利用できる回線のことですね。例えば、警電《けいでん》とか……」

警電は警察電話の略だ。

「そうです。そして、VPNは、アプリなどで専用線のようなトンネルを作り出す技術のようです」

「へえ、そんなものがあるんですね」

「アプリで簡単に利用できます。仮想のトンネルにつながっている形になるので、端末のＩＰアドレスがばれにくいらしいです」

「よく知ってますね」

「サイバー犯罪についての講習を受けたことがあるんです。でも、どんなものか実感できてませんし、詳しい仕組みを説明しろと言われても無理です」

「いや、それだけ知っていればたいしたものです」

縞長は自分のＩＴに関する知識と比較しているのだろうが、実際には、五十歩百歩なのではないかと、高丸は思った。


法相たちがマンションに入って一時間ほどした頃、つまり午前九時半頃のことだ。ＳＰが外に現れ、機捜２３５のほうに向かってきた。

何事だろうと、高丸はサイドウインドウを開けた。

長身のＳＰが車窓を覗き込むようにして言った。

「Ｊが話をしたいと言っている」

「え……？」

高丸は聞き返した。「話がしたいって……。自分たちとですか？」

「捜査について質問があるそうだ」

縞長が言った。

「そういうことなら、急ぎましょう」

警視932から大月と東原も降りてきて、高丸たちと合流した。

地元事務所の中は、後援会事務所とはまったく趣きが違っていて、きわめて実務的だった。スチールデスクが並んでいて島を作っている。それぞれの机上にはパソコンと電話。まるで役所のようだと、高丸は思った。

事実、警察署や警察本部の係に似ていた。違っているのは、坂本玄の大きなポスターが貼られており、居心地《いごこち》のよさそうな応接セットがある点だ。

その応接セットに案内された。坂本法相がリラックスした恰好でソファに座っていた。二人のSPは戸口に立った。

高丸たち四人は応接セットの前で立ち尽くしていた。

「座ってよ」

坂本法相が言う。「状況を知っておきたいんだ」

彼は縞長を見ている。やはり、年の功なのだ。

縞長がこたえた。

「では、失礼します」

坂本法相は一人掛けのソファにおり、その両側にある長椅子に、高丸・縞長組と大月・東原組が分かれて座った。

「俺の殺害予告があったことは、もちろん知っている」

坂本法相が言う。「その後、どうなったの?」

やはり縞長を見ている。だから、高丸は返答を縞長に任せることにした。

「まだ、被疑者が割れていません」

「目星は?」

「それがまだ……」

「警視庁に、総合警備本部と特捜本部ができたんだよね?」

「はい。おっしゃるとおりです。大月と東原は総警本部におり、私と高丸は特捜本部におります」

「警備と捜査で連携しているということだね」

「はい」

「そりゃ頼もしい限りだね」

「は……」

「どうも、解《げ》せないんだよね」

恐縮した表情だった縞長が、きょとんと目を見開いて法相を見た。

「……とおっしゃいますと?」

「殺害予告をSNSに投稿したやつは、何が目的なんだろうと思ってね」

「目的……?」

「そうだよ。本気で俺を殺す気なら、予告なんてしないほうがいいだろう。こっそり近づいてブスリと刺すか、ズドンと撃てばいい」

「はあ……」

「殺害予告なんてしたら、警察が警戒するに決まってるじゃないか。実現が難しくなる。そうだろう」

「おっしゃるとおりだと思います」

「そのへん、捜査本部じゃどう考えてるんだ？」

「その類《たぐい》の指示は受けておりません」

「捜査幹部は、そういうことを考えていないということか？」

「それは、我々捜査員にはわかりかねます」

「じゃあ、捜査本部の公式見解でなくてもいい。君らの個人的な考えでもいいんだ」

縞長は高丸のほうを見た。

高丸も咄嗟に返事ができない。

「そうだ……」

坂本法相が思い出したように言った。「もう一人捜査員がいたな」

縞長がうなずいた。

「はい。大久保ですね」

坂本法相はデスクに向かっている大久保に声をかけた。

「おおい。君もこっちに来てくれ」

大久保はすぐに飛んできた。高丸たちの様子が気になって仕方がなかった様子だ。

坂本法相が高丸の隣に腰を下ろした。

坂本法相が彼女に向かって言う。

「今、予告犯の目的について話をしていたんだ」

「あ……」

大久保が目を丸くする。「それ、私も考えていたんです」

「ほう……」

坂本法相が興味深そうな顔になる。「どういうふうに考えていたんだ?」

「投稿者の意図がわからないんです。だから、ただのいたずらの可能性が高いんじゃないかと思いまして……」

坂本法相がうなずく。

「俺も同じ意見だね。でなければ、予告なんて意味がない」

「あのう……」

縞長が恐る恐る発言する。「いたずらと判断するのは危険だと思います。我々はあくまで、予告犯が本気でお命を狙っていると考えなくてはなりません」

「そうしてもらわなければ困る」

坂本法相が言う。「その上で、わざわざ予告をした意味を考えてほしいんだよ」

「怖がらせるつもりだったのではないでしょうか?」

縞長の言葉に、坂本法相が聞き返した。

「怖がらせる?」

「そうです。殺害を予告されたら、当然のことながら恐ろしい思いをすることになります」

「だが、俺は怖がっていない」

「ＳＰもついていますし、こうして総警本部や特捜本部から捜査員などがやってきていますからね……。そういうふうに警護されることのない普通の人たちなら怖がると思います」

「それはおかしいな」

「おかしいですか？」

「だって、犯人は『法務大臣を殺す』と予告してきたのだろう。坂本玄個人を殺すと言っているわけではない。あくまでも大臣を殺害すると言ってるわけだ。つまり、最初から犯人は対象が普通の人ではないと考えているわけだろう」

大久保が発言した。

「それについては、私たちも話し合いました。つまり、犯人は法務大臣をターゲットにしているのか、それとも個人をターゲットにしているのか……」

「それで……？」

「結論は出ていません。まだ、手がかりが少なすぎて……」

補足するように縞長が言った。

「それは、特捜本部にも伝えてあります」

秘書の北浦綾香について報告したことは言えない。だから、大久保の発言も縞長の言葉もなんだか歯切れが悪かった。

「俺を怖がらせること以外に考えられることは？」

大久保がこたえた。

「世間を騒がせることです。ＳＮＳの書き込みは注目され、拡散されるでしょう。そもそもそれが目的なのかもしれません」

「やはり、いたずらというわけだ」

坂本法相は、高丸を見た。「君はどう思う?」

突然の指名に戸惑いながらも、高丸はこたえた。

「警察への挑戦なのかもしれません」

「なるほど」

「殺害予告をすれば、当然警察が乗り出します。それを出し抜いて犯行に及ぶとしたら、世間の注目は高まります。警察を翻弄し、法務大臣に危害を加える。それはまさに、司法制度そのものに対する挑戦です」

「だとしたら、犯人像が浮かんでくるね」

そう言われて、高丸の頭には木田繁治の顔と名前が浮かんだ。しかし、その名前も口には出せない。

高丸は言った。

「特捜本部では、いろいろな可能性を検討していると思います」

「そりゃそうだろうさ」

坂本法相が言う。「俺が知りたいのは、そんなことじゃない。今何が起きているのかということだ。殺害予告されたのは、この俺なんだからな」

大久保が言った。

「私たちも、それが知りたいです」

法相相手に堂々とこんなことを言えるなんて、やはりたいしたものだと、高丸は思った。

坂本法相は大久保に言った。

「特捜本部でも何が起きているのかわからないということだな。ならば、ここで話し合おうじゃないか。犯人の目的は何だと思う?」

「繰り返しますが、私はいたずらの疑いが濃いと思います」

「やはり、いたずらか……」

縞長が言った。

「少なくとも、合理的に説明がつくようなことではないと思います」

「合理的に説明がつくことではない?」

「はい。大臣もおっしゃったように、本当に危害を加えるつもりなら、予告などしないほうがいいんです。ですから、犯行を予告すること自体、合理的ではないのですから……」

「合理的に説明がつくというのは、具体的にはどういうことだね?」

「この事務所の前で抗議活動をしている人たちを見ました」

「ああ。ご苦労なことだと思うね。彼らは、私が関わった事柄、例えば入管法の改正だとか、死刑囚の再審に関することだとか、いろいろ批判している」

「それが合理的説明ということだと思います」

「じゃあ、犯人は、あのデモ隊の中にいるということか?」

「違うと思います」

「なぜそう思う?」

「大臣が携わった何かを批判してデモをするということは合理的で、犯行予告は合理的ではないからです」

坂本法相はうなずいた。

「なるほど……」

「どんな犯人像を思い描いても、犯行を予告するというのは、不合理なんです。唯一、例外なのは、先ほど高丸が申しました司法制度への挑戦ということなんですが……」

「司法制度に対する挑戦だとしたら、予告を実行するだろうな」

それまで黙ってやり取りを聞いていた大月が言った。

「我々がそれを許しません」

坂本法相は大月を見て言った。

「君らは総警本部だと言ったね。警備部か?」

「はい。おっしゃるとおりです。ＳＰをはじめとする我々警備部は、体を張って大臣をお守りいたします」

「ありがたいね。その言葉を信じたいのだが、何せ俺は疑い深くてね。それに、現実主義者だ」

すると、縞長が言った。

「現実主義なら、警察も負けてはいません」

「犯行予告は不合理だと言ったが、最近は不合理な動機も目立つんじゃないか? カルト教団絡みで元首相が撃たれた件なんか、まさに不合理だ」

「おっしゃるとおり、理解しがたい動機や、動機とは思えないような動機で犯行に及ぶ例が少なからずあります」

縞長の言葉を補足するように、大久保が言った。

「迷惑系ユーチューバーなんかは、ただ目立ちたいだけで、わざと顰蹙《ひんしゅく》を買うようなことをしますからね」

坂本法相が言った。

「ネットで注目を集めたい輩《やから》の仕業《しわざ》だと思うかね?」

大久保がうなずいた。

「その可能性は否定できないと思います」

坂本法相はしばらく無言で考え込んでいたが、やがて時計を見て言った。

「俺は今日、東京に戻るが、君たちはどうする?」

縞長が自分のほうを見たので、高丸はこたえた。

「大久保がこちらで秘書に扮しますので、自分と縞長も残ることになっています」

大月がこたえた。

「自分と東原は、東京まで同行いたします」

坂本法相が縞長を見て言った。

「大久保君が秘書役をやるということは、選挙期間中は川越にいるということだな?」

「はい、もちろんです」

坂本法相はうなずいて言った。

「では、川越でまた話し合う機会もあるだろう。次回はもっと実のある話が聞きたい」

そして坂本法相は立ち上がった。話は終わりだということだ。

高丸は慌てて立ち上がった。他の四人も同様だった。

坂本法相が応接セットから歩き去ったので、高丸たちは車に戻ることにした。

12

大久保はそのまま地元事務所に残っていた。彼女はすでに坂本法相の事務所に馴染《なじ》んでいる様子だった。

車に戻ると、縞長が言った。

「いやあ、法相から直々に質問されるなんて、緊張しました」

「そうは見えなかったけど」

「警視庁を背負ってる限りは、あまりみっともないところは見せられないと思い、必死でしたよ」

「俺もびびりましたよ」

「その点、大久保さんはたいしたものですね」

「あの物怖《ものお》じしない性格は、ほんと、うらやましいと思います」

「Jが言ってたこと、どう思います？」

「犯行予告をした犯人の目的がわからないという話ですね」

「たしかに、予告をすれば犯行がしづらくなるだけですよね……」

「だから、目立ちたいだけなのかもしれません」

「Jと話をしたことを、本部に報告しておいたほうがいいかもしれませんね」

午前十時を過ぎたところだ。

高丸はいつもと同様に、携帯電話で葛木係長に連絡した。

「J本人に呼び出されて、事務所で話をしました」

「どんな話だ？」

「捜査状況を知りたいと言われまして……」

高丸は、犯行予告について話し合った内容を説明した。

話を聞き終えた葛木係長が言った。

「その点については、もちろん特捜本部でも話題になった。結論はまだ出ていない。犯人像によって解釈は違ってくる」

「どういうことでしょう」

「愉快犯なら、ただのいたずらだろう。Jに個人的な怨恨を抱いている犯人なら悔し紛れに投稿したという可能性もある。この場合も実行は疑わしい。残るは義憤、あるいは社会正義というやつだ」

「Jが関わった事柄への抗議ですね」

「君が言った司法制度への批判もそれに含まれると思う。その場合は、予告を実行する恐れがある」

「実行が困難になるのに予告をしたのはなぜでしょう?」

「義憤、あるいは抗議が動機の場合、抗議をしている内容について世に知らしめなければ意味がない。だから予告したのだろう」

「しかし、世の中の人は、犯人が何に対して抗議しているのかをまだ知りません」

「もし、抗議が動機だとしたら、第二、第三の予告があるはずだと、俺は考えている」

「第二、第三の予告……」

「そして、そうした予告があった場合、単独犯ではなく、組織的な犯行も視野に入れなければならないという意見もある」

「わかりました」

「いずれにしろ、まだ手がかりが少ない。どんなことでもいいから、わかったら報告しろ」

「了解しました」

「現在、Jは?」

「地元事務所にいます。大久保が事務所で張り付いています」

「わかった」

電話が切れたので、高丸は今の会話の内容を縞長に伝えた。

縞長はつぶやいた。

「なるほど、解釈に幅がありますね。有《あ》り体《てい》に言えば、まだ何もわからないということですね」

「特捜本部も必死のはずです」

縞長が曖昧にうなずいた。

そろそろ昼時という頃、地元事務所があるマンションの玄関に、大久保が姿を見せた。見知らぬ男と立ち話をしている。

高丸は縞長に言った。

「大久保と話をしているのは誰でしょう？　見覚えありますか？」

「さっき、事務所で見かけましたけど……」

「本当ですか？　俺はまったく気づかなかった」

年齢は五十歳くらいだろうか。カジュアルな服装なので年齢がよくわからない。

大久保は彼と別れて機捜235のほうに近づいてきた。後部座席に乗り込んだ彼女に、高丸は尋ねた。

「昼休みか？」

「そう。でも留守番が必要だから、交代で食事をするの」

「今、誰かと立ち話をしていたな？」

「あ、松下《まつした》さんね」

「松下？」

「松下由紀彦《ゆきひこ》さん。選挙事務所でボランティアをする予定なんです」

「ボランティアか……」

「これまでもいろいろなボランティアをやってきたそうですよ」

縞長が興味深そうに尋ねる。

「ほう……。それは立派ですね。どんなボランティアをやったんでしょうね」

「バングラデシュやウクライナなんかの難民を助けるボランティアだって言ってました」

「難民を助けるって、具体的にはどんなことをやるんでしょう?」

「詳しく訊いてないいんでわからないんですが……。訊いておきましょうか?」

「そうですね。なんだか面白そうな話ですから……」

面白そうだろうか。疑問に思いながら、高丸は言った。

「Jの様子は?」

「てきぱきと指示を出してる。本当に頭のいい人だって思う」

高丸は葛木係長と話した内容を伝えた。大久保は言った。

「組織的犯行? そんな大げさな話かしら。いたずらだと思うけど……」

「俺たちがそうやって高をくくるわけにはいかない。最悪の事態を想定しないと」

大久保は肩をすくめた。

「じゃあ私、食事に行ってくる。もう、お腹がすいちゃって……」

彼女は車を降りて、川越駅入口（東）という交差点のほうに歩いていった。

「彼女、なんだか、いつも腹をすかせてますね」

高丸が言うと、縞長が笑みを浮かべた。

「それだけ健康な証拠でしょう。二十代の頃は高丸さんもそうだったんじゃないですか?」

「そういや、ガッコウにいる頃は二十四時間腹が減っていたような気がしますね」

「それが若いってことでしょう。私らの年になると、腹が減っているかどうかもわからなくなります」

「へえ。そんなもんですか……」

「大久保さんは、何か目的があって松下という男に近づいたんでしょうか」

「え……」

高丸は思わず縞長の顔を見た。「そんなことはないでしょう。たまたま話をしていただけじゃないですか」

「どうでしょう。大久保さんは、妙に勘が鋭いですからね」

「そうですか？　とてもそうは見えないんですけど……」

「そう見えないところが曲者《くせもの》なんです。だって、難民の認定とかは、法務省の管轄じゃないですか」

「たしかにそうですが、シマさん、考え過ぎじゃないですか？　だったら、木田繁治のほうが怪しいですよ」

縞長はふうっと息を吐いた。

「そうですね。高丸さんの言うとおりだと思いますよ」

午後十二時半頃、大久保がマンションに戻るのが見えた。それから、高丸と縞長は交代で食事をし、さらに、警視９３２の二人を食事に行かせた。

それからまた、午後の睡魔と戦い、日暮れまで監視を続けた。

午後七時近くになり、マンションの玄関がまた慌ただしくなった。ＳＰが現れ、坂本法相が姿を見せた。大久保の姿もあった。もうすっかり秘書の振るまいだ。

SPと坂本法相は、黒塗りのセダンに乗り込んだ。

「機捜235、機捜235。こちら警視932。高丸、聞こえるか？」

「警視932。聞こえている」

「Jは東京に向かう。俺たちもいっしょに行く」

「了解した」

「そちらは残るんだな？」

「残る」

黒塗りのセダンが出発した。それを追って警視932も車を出した。

「じゃあな、高丸。縞長さん、失礼します」

二台の車を見送ると、大久保が機捜235にやってきた。高丸が運転席の窓を開けると、彼女は言った。

「これから選挙事務所で用があるんです。送ってもらえますか？」

「もちろんだ」

高丸はうなずいた。「乗ってくれ」

大久保が後部座席に乗り込む。高丸は車を出した。

「Jがいなくなると、やっぱりほっとしますね」

大久保がそう言ったので、高丸は言葉を返した。

「おまえでも緊張するのか？」

「ずっと緊張してますよ。Ｊに何があるかわからないし……。襲撃に巻き込まれるかもしれないじゃないですか」

縞長が言った。

「その危険は充分にあり得ますね」

「シマさん」

高丸は言った。「脅してどうするんですか」

「いや、脅しじゃありません。それくらいの覚悟でいなければ……」

「それで……」

高丸は大久保に尋ねた。「選挙事務所で何をやるんだ?」

「ポスターやTシャツなんかが届いているんですって。それの仕分けや整理ですね」

「選挙ポスターやキャンペーン用のTシャツだな」

「いよいよ選挙って感じですね。わくわくします」

高丸はあきれて言った。

「選挙はお祭りじゃないぞ」

「あら、アメリカの大統領選なんて、お祭り騒ぎじゃないですか。日本の選挙もあれくらい大騒ぎすればいいのに」

「その選挙期間中が最も危険なんだ。犯行予告のタイミングを見ても、選挙を意識しているのは明らかだ」

「わかってますよ。だから、緊張してるって言ってるじゃないですか」

縞長が言った。

「大久保さん、昼食に出るとき、松下さんと何を話していたんですか？」

「え？　松下さん？　どうして？」

「いちおう、チェックしておこうと思いまして……」

「私がナンパでもされていると思いました？」

「ええ」

縞長がこたえる。「そういう心配もありますね」

「選挙事務所に荷物が届く時間を教えてくれたんです。そして、人手が必要だから私も選挙事務所に来てくれないかと……」

「実務的なやり取りだったということですね」

「そうですよ。安心しましたか」

「はい。安心しました」

やがて、車が選挙事務所の前に着いた。まだ選挙期間が始まっていないので、正確には選挙事務所になる予定の一軒家だ。

駐車場に車を入れると、高丸は言った。

「俺たちはここにいるから……」

「わかりました」

大久保は車を降りて、建物の中に入っていった。松下が言ったとおり、荷物の整理に人手が必要なのだろう。建物の中にはかなりの数の人がいる様子だ。

高丸は縞長に尋ねた。

「松下のことが気になるんですか？」

「いや、そういうわけじゃないですよ。言ったとおり、いちおうチェックしただけです」

「松下のことも、本部に知らせたほうがいいでしょうか？」

「どうでしょうね……。大久保さんは別に怪しいとは思っていないようでしたね」

「俺も怪しいとは思いませんが、葛木係長は、どんなことでも知らせろと言っていましたから……」

「じゃあ、報告したほうがいいですね」

縞長がそう言ったので、携帯電話を取り出そうとした。すると着信があった。

高丸は表示を見た。

「噂《うわさ》をすればばってやつです。葛木係長です」

「へえ。すごいタイミングですね」

高丸は電話に出た。

「はい。高丸です」

「SNSにまた法相の殺害予告が投稿された」

「え……」

高丸は、思わずそうつぶやいた。「午前中に係長がおっしゃったことが、現実になったのですね」

「当然、予想されていたことだが、やはり実際に予告があると衝撃が走る」

「内容は?」

「法相は、任期中に関わった法案のすべてに責任を持つべきだ……。犯人はそう言っている」

「法案……? ということは、入管法でしょうか?」

「なぜそう思う?」

「Jの地元事務所前でのデモで、入管法改正に反対するというプラカードがあったからです」

「法務省関連の法案はいくつもあった。だが、その可能性が大きいと思う」

「それから?」

「Jの殺害は、我々の手によって確実に実行されるだろう……。そういう書き込みだ。ここで注目すべきは、『我々』という自称だ。これは複数の犯行であることを意味しているのかもしれない」

「すると、犯行が実行される可能性が高いと考えるべきなのでしょうか」

「単独犯の場合よりも、複数犯のほうが実行の可能性は高まる」

「投稿者については?」

「前回と同様に調べるが、やはりVPNなどの対策を講じている恐れがある。新橋《しんばし》が今、投稿者を追っている」

新橋というのは、サイバー犯罪対策課のことだ。

高丸はこたえた。

「了解しました」

「そちらからは、何かあるか?」

「Ｊが、午後七時頃に地元事務所を出発して東京に向かいました。警視９３２が同行しています」

「それは、総警本部から聞いている。他には？」

「入管法改正に関連して、ちょっと気になることが……」

「何だ？」

「難民を助けるボランティアをしていたという人物が、Ｊの選挙事務所でボランティアをやることになっているようです。入管法の改正って、たしか難民認定についてでしたよね」

「名前は？」

「松下由紀彦。年齢は五十歳くらいです」

「わかった。目を離すな」

「はい」

「では、引き続き現地で警戒してくれ」

電話が切れた。

高丸は縞長に、葛木係長から聞いた話を伝えた。

「えっ。二度目の犯行予告ですか……」

「そう。葛木係長が言ったとおりになりました」

「そして、書き込みでは自分たちのことを『我々』と言ったんですね？」

「そうらしいです」

高丸は、携帯電話を取り出し、問題のＳＮＳを調べてみた。二度目の犯行予告は、話題のトップになっていた。すでにかなり拡散されている。

「本当だ」

高丸はその書き込みを見て言った。「たしかに『我々』と言ってますね。法案に責任を持てとも書いてあります」

「複数の犯行か……」

縞長が考え込んだ。

「集団でテロを計画しているということですね？」

「たしかに、いたずらじゃ済まなくなってきたような気がしますね」

「俺もそう思います」

「Jの身近に必ず手がかりがあるはずです。それを見つけなければ……」

縞長の言葉に、高丸は「はい」とこたえた。

13

五月二十日月曜日の朝九時に、高丸と縞長は、川越署の待機寮を出て、駐車場にやってきた。

そこには、西松と大久保の姿があった。

西松が言った。

「よう。九時出勤か。警視正並みだな」

警察署の朝は早い。始業時間は八時半ということになっているが、たいていはそれより早く出勤している。

だが、警視正以上になると国家公務員と同じ九時に出勤することができる。まあ、実際にそうするかどうかは人によるのだが、西松はそれをネタに冗談を言ったのだ。

高丸は尋ねた。

「西松さん。今日はこれからどちらへ？」

「大久保ちゃんを送っていこうと思ってな」

「選挙事務所ですか？」

大久保がこたえた。「まだ選挙運動前だから、正確には選挙事務所になる予定の場所ね」

「川越署も車を出すよ」

「無線積んでますか？」

「ああ」

「無線で連絡を取れるようにしておきましょう」

「じゃあ、署活系の周波数教えておくよ」

高丸は機捜２３５を川越署の署活系に合わせることにした。

「自分らも、同行します」

西松と大久保が乗り込んだ車には川越３のコールサインが記してある。

機捜２３５は、川越３に続いて、選挙事務所に向かった。

到着すると、縞長が言った。

「朝から活気がありますね」

建物には多くの人々が出入りしていた。選挙の準備も大詰めという感じだ。

「あ、あれ、選挙カーになるんでしょうね」

縞長が指さす先を見るとワンボックスカーがあった。まだ坂本玄の名前は書かれていないが、看板を取り付けるフレームがルーフに組まれている。

高丸は言った。

「ルーフに上って、あそこから演説できるようになっているんですね」

川越3から降りた大久保が、選挙事務所に入っていくのが見えた。川越3はそのまま駐車場に残っている。

高丸は縞長に言った。

「俺たちも、どこかに陣取って監視を始めましょう」

「そうですね」

高丸は裏宿通り沿いの駐車場に車を駐めた。そこからは選挙事務所に出入りする人たちの様子もよく見える。

「あ……」

縞長が言った。「松下由紀彦ですよ」

さすがに目ざとい。縞長は、空になった段ボール箱を事務所の外に運び出している松下を見つけたのだ。

高丸は言った。

「選挙事務所でのボランティアなんて、もしテロリストだったらチャンスだらけですね」

「逃げる気がなければね」

「逃げる気？」

「高丸さんの言うとおり、法相を殺害するチャンスはいくらでもあるでしょう。でも、選挙期間中はまわりにスタッフがたくさんいます。ＳＰもいれば我々捜査員もいる。犯行後、取り押さえられることは目に見えています」

「たしかにそうですね。まわりのスタッフたちが抑止力になってくれるということですね」

「捕まっても構わないと思っていたら、まわりに誰がいようが犯行に及ぶでしょうけどね」

そのとき、無線から声が流れてきた。

「機捜２３５。こちら川越３。聞こえてる？」

高丸がこたえた。

「メリットファイブです」

「いちおう、無線のテストをしようと思ってね」

すると、別の声がした。

「機捜２３５、ならびに川越３。こちら川越。両者の開局を確認」

川越署からの無線だ。

高丸はこたえた。

「川越。こちら機捜２３５。よろしくお願いします」

西松の声も聞こえてきた。

「川越。こちら川越3。よろしく」

監視を始めて一時間ほど経った頃、縞長が言った。

「高丸さん。木田がいます」

「え……。どこです？」

「今、選挙事務所の前に立っています」

高丸はそちらを見た。たしかに男が立っているが、高丸たちのほうに背を向けている。

「後ろ姿ですよ。確かですか？」

「間違いありません」

「シマさんが言うんだから、間違いないでしょうね。どうします？　職質しましょうか？」

縞長はしばらく考えてからこたえた。

「いや。今は触らないほうがいいでしょう。あ、選挙事務所に入っていきますね」

「大久保に電話してみます」

「はい」

大久保はすぐに電話に出た。

「はい。何でしょう」

「今、事務所に木田という男が入っていった」

「その人が何か？」

鸚鵡《おうむ》返しに木田の名前を言ったりしないか一瞬気になったが、それは杞憂《きゆう》だった。

「Ｊに対する抗議デモに参加していた人物だ」

そして高丸は、木田の刑事時代の出来事について説明した。

「わかりました」

大久保はそれだけこたえた。やはり、周囲の人に聞かれてもいいように気を遣っているようだ。

高丸は言った。

「どうしてそんな人物が選挙事務所に入っていったのかが気になる。これから、顔写真を送るから留意してくれ」

「了解です」

電話が切れた。高丸は、大久保の電話に木田の顔写真を送った。

縞長が言う。

「いったい、何をしに選挙事務所にやってきたのかが気になりますね」

「犯行のための下見でしょうか」

木田は日本の司法制度に失望し腹を立てている。その司法制度のトップにいるのが坂本法相だ。

木田には動機があると、高丸は思った。

縞長がこたえる。

「その可能性は否定できませんが……」

その口調は歯切れが悪い。

大久保からはすぐにも報告があるものと思っていたが、なかなか電話がこなかった。結局それから二時間が経過し、昼の十二時を過ぎた。

選挙事務所の玄関から、大久保が出てきた。

高丸は言った。

「昼休みでしょうか?」

縞長がこたえる。

「そのようですね」

「食事にも行かずに、何やってるんでしょう?」

大久保は玄関を出ると、そこから離れ、路地に立って周囲を見回している。やがて彼女は電話を取り出した。

縞長が言った。

「誰かに電話するみたいですね」

高丸の電話が振動した。

「相手は俺でした」

電話に出た。

「どうした?」

「木田は選挙のボランティアを申し込みに来ました」

「それで?」

「選挙事務所としては、断る理由はありません。運動員は一人でも多いほうがいいんです」

「そりゃそうだけど、要注意人物だぞ」

「私から選挙スタッフに、運動員を減らすようなことは言えませんよ。私はあくまで、選挙担当の秘書なんですから……」

「気をつけてくれ。彼には犯行の動機がある」

「わかってますよ」

「ところで、どうして車にやってきて報告しないんだ？」

「本格的な選挙運動が始まります。私が警察車両に乗り降りしているのを、誰かに見られるのはまずいでしょう」

「この車が警察車両だって気づくのは、同業者か相当の警察マニアだけだぞ」

「木田は元同業者でしょう」

「あ……」

「その他にも気づく人がいるかもしれない。だから、気をつけなきゃ」

「そうだな。おまえの言うとおりだ」

「それから、秘書たちの動向を知らせておきます。中沢さんはＪといっしょに東京にいます。北浦さんは、地元事務所」

「わかった」

「じゃ、私、食事に行ってくるので……」

電話が切れた。彼女は機捜２３５と反対の方向に歩き去った。

高丸は、今の電話の内容を縞長に伝えた。

「それは、当然の気配りですね」

「機捜235に近づかないことがですか」

「ええ。犯人に怪しまれたら元も子もありません」

「木田のことや、二人の秘書のことを、葛木係長に報告しておきます」

「お願いします」

高丸はいつものように葛木に電話で報告した。葛木は、やはり木田のことを気にしているようだった。

「選挙運動が始まると、運動員たちからJを引き離しておくのは、ほぼ不可能だろう。犯人が運動員やボランティアに交じっていたら、SPもJを守れないかもしれない」

「ボランティアを断る理由がないのだと思います」

「抗議デモに参加していたのだろう。それが理由になるはずだ」

「それは、自分にはわかりかねます。選挙事務所が判断したことですから……」

「とにかく、木田から目を離すなと、大久保に伝えておけ。そして、おまえたちは大久保から目を離すな」

「わかりました」

電話が切れた。

「木田から目を離すな。大久保にそう伝えろと葛木係長は言っています。そして、俺たちは大久保から目を離すなと……」

「何度か同じことを言われた気がしますね。まあ、係長の気持ちはわかりますが……」

「捜査に進展がなくて、あせっているのかもしれません」

「とにかく、言われたとおり警戒をしましょう」

「はい」

「高丸さん、食事に行ってください。その間、私が見張ってます」

交代で食事に出ることにした。縞長に言われるままに、高丸は先に車を降りた。


二人が食事を終えて、監視を続けていると、機捜235に西松が近づいてきた。午後一時四十分頃のことだ。

彼は後部座席に収まると言った。

「署長がさ、警視庁と連絡を取っているらしいよ」

高丸は尋ねた。

「Jの殺害予告についてですね」

「ああ。選挙だけでもいろいろと忙しいのにな……。署長は頭が痛いと思う」

「警視庁のどこと連絡を取ったのでしょう?」

「総警本部らしいよ」

「特捜本部ではなく……?」

「何せ法務大臣だ。埼玉県警としては、重要警備事案だからね」

「県警本部の対応は?」

「今のところ、うちの署に丸投げだよ。けど、警視庁の総警本部次第だろうね。本部長は警視総監なんだろう? 警視庁のトップから県警本部長に何か話があったら、動かざるを得ないだろう」

「上のほうの話はよくわかりません」

「俺にだってわからないさ」

「それに、自分らは総警本部じゃなくて、特捜本部から来ているんです」

「ああ、そうだったな。でも、特捜本部の本部長も警視総監なんだよな」

「そうです」

「だったら、同じことだ。警視総監から県警本部長に何か話があるかもしれない」

「そうかもしれませんね」

「公示日に選挙戦がスタートするが、Ｊの第一声はＪＲ川越駅西口駅前広場だそうだ」

「え……」

高丸は思わず声を上げていた。「それ、どこからの情報です?」

「うちの課長が、署長から聞いたらしい。署長は、警視庁の総警本部から聞いたんじゃないのか」

「自分らは聞いてませんよ」

「俺も、今日知ったんだ」

縞長が高丸に尋ねた。

「葛木係長は、何も言ってなかったんですね?」

「言ってませんでした」

「葛木係長も知らされていなかったのかもしれませんね」

西松が言った。

「警備上、必要な情報だよな」

すると、縞長が言った。

「私たちは、殺害予告について捜査しているのであって、Ｊの警備を担当しているわけではありません」

西松が顔をしかめる。

「現地の警察の身にもなってくれよ。法相に万が一のことがあったら、本部長の首が飛ぶぞ」

縞長が言う。

「ええ。埼玉県警の立場はよくわかっているつもりです。特に、川越署にはずいぶんとお世話になっていますし……」

「警備の情報が捜査員に入ってこないってのは、まあ、珍しいこっちゃない」

「それじゃ困るんですがね。せっかく、総警本部と特捜本部が連携しているのに……」

西松が肩をすくめた。

「でっかい本部ができると、小回りがきかなくなるよな」

高丸は苛立《いらだ》ちを覚えて言った。

「でも、総警本部からの情報が川越署経由で入ってくるなんて、流れが悪いですよね」

西松が言う。

「でもまあ、とにかく、情報は入ったんだからいいじゃないか。そっちからは何かないの？」

高丸は、木田のことを伝えた。

すると、西松は目をむいた。

「それって、えらい重要な話だと思うのは俺だけか」

「自分らも重要だと思っています」

「なら、何で俺にも知らせてくれないんだ？」

非難するような口調だった。

「今知らせました」

高丸の言葉に、西松はむっとした顔になった。

縞長が慌てて取りなすように言った。

「すいません。おっしゃるとおりです。重要な事柄はすみやかに共有すべきでした」

「俺はさ、別に文句言ってるわけじゃないんだ。ただね、俺たちだって警備や捜査に協力してるわけだから……」

「はい。それについては、おおいに感謝しています」

「ま、シマさんにそう言われちゃ、これ以上何も言えない」

高丸は火に油を注ぐような言い方をしたことを反省した。

「情報がちゃんと伝わってきていないような気がして不安になりまして……」

西松はこたえた。

「ああ、わかるよ。しかしなあ。木田のやつ、何考えているんだろうな……」

縞長が尋ねた。

「Jを殺害する計画を立ててるだけの動機があるという声もあるんですけどね……」

「理屈から言えばそうかもしれない。けど、木田はそんなやつじゃないよ」

「西松さんは、彼と親しいんですか?」

「親しいというほどじゃないが……。事情はよく知っているからな。彼が警察を辞めたのは、先輩刑事が殺害されたことに納得がいかなかったからだ。そういう気持ち、シマさんだってわかるだろう」

「ええ、そうですね」

「でも……」

高丸は言った。「抗議デモに参加していながら、選挙のボランティアを申し出るって、矛盾してませんか?」

西松がうなずいた。

「そこなんだよなあ。訳がわからない。俺が話を聞いてみようか」

縞長が言った。

「職質しようかとも考えたんですが、今は接触しないほうがいいんじゃないかと思いまして……」

高丸がそれを補った。

「特捜本部からの指示は、『目を離すな』です」

「わかった。俺たちも気をつけるよ」

高丸は言った。

「お願いします」

「ああ。何かあったら、無線か電話で連絡をくれ」

「はい」

西松が車を降りた。

高丸は言った。

「西松さんに、失礼な態度を取ってしまいました」

縞長が笑った。

「あの人はそんなこと気にしちゃいませんよ。それより、所長に連絡してみてはどうです?」

「そうですね」

高丸は電話を取り出した。

14

「私のこと、忘れていたんじゃない?」

電話に出ると、安永所長が言った。高丸は慌てた。

「いえ、そんなことは決してありません」

「私が電話したのは、一昨日《おととい》よ。せめて日に一度は連絡をくれないと……」

「申し訳ありませんでした」

「日曜だからって気を遣ったわけじゃないわよね」

「あ、それもありますが……」

これは出まかせだ。実は昨日が日曜日だったことも忘れていた。

「まあいい。それで、そっちはどうなの？」

「Jはいったん東京に戻りました。第一秘書の中沢さんがいっしょのようです。選挙事務所の用意がいよいよ大詰めで、大久保はそちらに張り付いています」

「交代要員はいらない？」

「え？　何の交代ですか？」

「高丸とシマさんが川越に行ったのは十七日でしょう？　今日で四日目よ。選挙戦が始まってJが現地に入ると、当分戻って来られないわよ。だから、交代要員が必要かと思って……」

「いえ、だいじょうぶです」

「本当に？」

「交代要員が現地に入って、状況を把握したり、地元警察と連携を取るのに時間がかかります。このまま自分らが担当するのがいいと思います」

「そう。わかった。任せる」

「はい」

「大久保、元気？」

「元気です。よくやっています」

「そりゃよかった。高丸……」

「はい」

「私を忘れちゃだめよ」

「あ……」

何か言い訳をしようと思っていると、電話が切れた。


「私のことを忘れてたんじゃない……。所長はそう言ってました」

「それ、怒ってますよね」

「別にないがしろにしたわけじゃないんですけど……」

「葛木係長のところには、頻繁《ひんぱん》に報告を入れてるでしょう。所長、どこからかそれを耳にしたのかもしれません」

「じゃあ、報告が滞らないように気をつけましょう」

「はい」

「交代要員は必要ないかと訊かれました」

「何とこたえたんです？」

「必要ないと言いました。引き継ぎにも時間がかかりますし……」

「それで正解だと思います。Jがこちらに戻れば、警視932も戻ってくるでしょう。川越署の人たちもいます。我々の交代は必要ありません」

縞長にそう言ってもらってほっとした。勝手に交代を断ったことを不満に思われることだってあり得るのだ。

いつもの午後の睡魔と戦い、やがて日が暮れた。

選挙事務所の準備は暗くなっても続いていた。公示まであと一日なのだ。

木田や松下の姿を何度か見かけた。

二人とも、黙々と作業を続けている。怪しい素振りは見えない。

無線から西松の声が聞こえてきた。

「機捜235。こちら川越3」

助手席の縞長がマイクを取って応答した。

「川越3。こちら機捜235です。どうぞ」

「何か変わったことは?」

「こちらは、異常なしです。そちらはどうですか?」

「変わりないね。この平穏さも、今日までかな……」

「いよいよ選挙戦ですね」

「ああ。お互い、頑張ろう。以上だ」

「機捜235、了解」

無線が沈黙した。

高丸は言った。

「今の無線は、何だったんです?」

「何事もないことを確認したんだろうね。あるいは……」

「あるいは?」

「眠気覚ましかもしれません」

「それはあり得ますね」

時計を見ると、もうじき午後八時になろうとしている。

高丸の電話が振動した。大月からだった。

「どうした？」

「明日、Ｊが地元に移動する。それを知らせておこうと思ってな」

「時刻は？」

「昼食後、すぐに出発するはずだ。だから、そっちへの到着は二時頃になるんじゃないか」

「了解した。おまえたちも来るのか？」

「同行する」

「それは頼もしいな」

それは本音だった。警視９３２がいるのといないのとでは大違いだと感じていた。

「何か変わったことは？」

「ない」

「じゃ、明日」

電話が切れた。

高丸は縞長に話の内容を伝えた。縞長が言った。

「総警本部では、Ｊのスケジュールを把握しているようですね」

「特捜本部には伝わっているのでしょうか？」

「さあねえ……。伝わっていると信じるしかないでしょう」

「明日、Ｊがやってくることを、西松さんに知らせたほうがいいですね」

「そうですね。でも、無線はまずいです」

「わかっています」

高丸は西松に電話した。

「はーい、西松。ん……？　この電話、誰？」

「高丸です。ちゃんと登録しておいてくださいよ」

「ああ、すまんすまん。やっておくよ。……で、何？」

「明日二時頃、Ｊが現地入りします」

「そうか。了解。それ、どこからの情報？」

「警視９３２から電話連絡がありました」

「警備部の機捜みたいな連中？」

「そうです。彼らは総警本部にいますので……」

「わかった。署に伝えて、警備態勢を取らせる」

「お願いします」

「あんたらのところには、総警本部から直接情報が入るのか。たいしたもんだ。うちは署長経由だぞ」

「いや、たまたま警視９３２の大月というやつが同期で……」

「やっぱ、警視庁はすごいなあ。じゃあな」

電話が切れた。

最後の一言は皮肉かと思ったが、そうでもなさそうだった。考えてみれば、大月がいなければ、総警本部の情報が高丸に伝わることなどないだろう。

「警視庁はすごいなあと言われました」

高丸が言うと、縞長がこたえた。

「組織がでかいですからね」

「でも、Jのスケジュールについて情報が入ったのは、たまたま警備部に同期の大月がいたからですよね」

「そういうのが大切なんです」

「そういうの？」

「公式な仕組みって、穴が多いんですよ。それを補うのは、個人的な人脈です。特に、同期というのは強い絆《きずな》です」

「なるほど。たしかに警察では顔が広い人が力を持っているような気がします。シマさんも顔が広いですよね」

「私はただ警察に長くいるというだけです」

午後八時半頃、選挙事務所に秘書の北浦綾香が姿を見せた。玄関ドアを開けようとして、機捜235のほうを見た。彼女は車に近づいてきた。

縞長が助手席の窓を開けた。

「ああ、やっぱり警察の車ね」

北浦の言葉に縞長が聞き返す。

「何かご用でしょうか？」

「ちょっといい？」

「ええ……」

彼女は後部座席に乗り込んだ。

「明日、坂本がこっちにやってくるのは知ってる？」

「はい」

縞長がこたえた。「連絡を受けています。たしか二時入りでしたね」

「いよいよ選挙戦よ」

「はい」

「……で、殺害予告犯の目星はついているの？」

「それがまだ……」

「何か手がかりはつかんでいるんでしょう？」

「捜査情報を洩らしたら、私はクビになってしまいます」

まさか、北浦自身にも注目しているとは言えない。もちろん、この段階では彼女はまだ被疑者ではない。しかし、参考人の一人であることは間違いない。

「このままじゃ、安心して選挙戦を戦えない」

「おっしゃることは、ごもっともです。我々も最大限の努力をしているのですが……」

「何かお役に立てることがあれば、言ってくださいね」

「ありがとうございます。では、お言葉に甘えて、一つ質問させていただけますか？」

「なあに？」

「木田さんのことについてです」

「木田……？」

「木田繁治さんです。ご存じありませんか？」

「知らないわね」

「そうですか。選挙のボランティアについては、選挙事務所だけじゃなくて、地元事務所でも把握されているものと思っていましたが……」

「選挙のボランティア？」

「ええ。今日、木田さんは選挙事務所に来られて、ボランティアを申し込んだそうです」

「その人が何か……？」

「先日の坂本先生に対する抗議デモに参加していたんです」

「抗議デモの参加者が、選挙ボランティアに……？」

「ご存じありませんでしたか」

短い無言の間があった。

「ちょっと、調べてみる。他には？」

「実は、もう一つ……」

「何ですか？」

「あなたと坂本先生の関係についてです」

再び沈黙。今度は少し長かった。

「私と坂本の関係？　いったい何が訊きたいの？」

「あなた、坂本さんが議員になる前からのお知り合いだそうですね」

「そうよ」

「差し支えなければ、どこでどうやって知り合ったのか、そして、どういう経緯で秘書になられたのか、お聞かせ願えますか？」

「どうしてそんなことを訊くの？」

「興味があるからです。政治家と秘書の関係って、よく知らないものですから……」

「議員秘書って、かなり特殊な仕事だから、秘書同士のネットワークがあるの」

「ほう……」

「議員は選挙に落ちればただの人でしょう？　そうなれば、秘書も失業。だから、普段から互いに連絡を取り合って、仕事を紹介し合ったり、情報の交換なんかをしたりしている。私も議員秘書の知り合いがいて、坂本がスタッフを探していると教えてくれたの」

「なるほど」

「その人の紹介で、坂本に会ったわけ。そして、私設秘書になったのよ」

「あなたに情報をくれて、坂本さんを紹介してくれた方というのはどなたですか？」

「ある衆議院議員の秘書をやってる女性よ」

「その国会議員と秘書の女性の名前は？」

彼女は与党議員の名を言った。

「……そして、その女性の名は、和泉奈緒子《いずみなおこ》さんです」

「差し支えなければ、連絡先をお教え願えますか？」

「いいですよ」

北浦は電話に登録されている番号を確認して読み上げた。高丸はそれをメモした。

北浦が縞長に尋ねた。

「和泉さんが犯人と関係があると考えているんですか？」

「まさか……。念のために連絡先をうかがっただけです」

「でも、連絡を取るんでしょう？」

「はい」

縞長が迷いもなくそうこたえた。「あなたからうかがった話の裏を取らなければなりません。それが警察の仕事なんです」

「訊かれる前に言っておきますけど、私と坂本の間に男女の関係はありませんよ」

「あ、そうですか……」

「それも裏を取ります？」

「それが可能なら……」

「坂本に訊いてみれば？　私と寝てるかって……」

「あの、お気を悪くなさらないでください。警察はいろいろなことを確認しなければならないんです。何が手がかりになるかわかりませんので……」

北浦は笑みを浮かべた。

「気を悪くするなと言われても無理ね。痛くもない腹を探られたら、誰だって頭に来る。でもね、警察には協力しますよ。犯人を早く捕まえてもらいたいから……」

「それは助かります」

「じゃあ……」

「これから、選挙事務所ですか？」

「そう。選挙違反にでもなったらえらいことなんで、いろいろとチェックをしにね」

北浦は車を降りた。選挙事務所に向かう彼女の後ろ姿を見ながら、高丸は縞長に言った。

「ずばりと斬り込みましたね」

「ええ。思い切って訊いてみました」

「彼女とＪのこと、どう思います？」

「秘書になる経緯は、彼女が言ったとおりでしょうね。男女の仲かどうかについては……」

「Ｊに訊いてみますか？」

「必要なら訊かなければならないでしょうね」

「それ、特捜本部に任せたいですね。捜査員がたくさんいるんですから……」

「まずは、和泉奈緒子さんのことを報告したほうがいいですね」

「わかりました」

高丸は、葛木係長に電話をした。北浦が坂本法相の秘書になった経緯と、和泉奈緒子のことを伝えると、葛木係長は「了解した」とだけこたえた。

電話が切れると、すぐに着信があった。大久保からだった。

「どうした？」

「北浦さんのこと、怪しいって言ったんですって？」

「え……？　彼女がそう言ったのか？」

「車の中で尋問されたって……」

「いや、それ誤解だから。彼女のほうから車にやってきたんだし、尋問なんてしてない。事情を聞いただけだ」

「Ｊと肉体関係があるかどうか、訊いたでしょう」

「訊いてない。それも彼女のほうから言い出したんだ。おまえ、どうやって彼女からそんなこと聞き出したんだ？」

「別に聞き出したりしてませんよ。北浦さんのほうから言ってきたんです。警察って、ほんとデリカシーがないって……」

「シマさんはそんなこと質問してないから……」

「あ、質問は高丸さんじゃなくて、縞長さんがしたんですか？」

「そう」

「じゃあ、そんなこと訊いていないっていうの、信じます」

「何だよそれ。俺は信用できないってこと？」

「でも、二人とも、疑ってますよね？　北浦さんとＪの関係。それって、私が中沢さんから余計なことを聞いてきたからかもしれませんね」

「余計なことなんかじゃない。Ｊの周辺情報は、どんなことでも役に立つはずだ」

「でも、責任感じるんで、北浦さんとJの関係を調べてみます」

「調べるって、どうやって……」

「事務所の人たちから話を聞いてみます。いざとなれば、Jに直当《じかあ》たりしますよ」

大久保なら可能な気がした。

「無茶はするなよ」

「だいじょうぶですよ。あ、それから……」

「何だ？」

「待機寮にも戻らないほうがいいと思うんです。犯人に、私が警察官だってばれるといけないんで……」

「だけど、もう中沢さんや北浦さんは、おまえが警察官だってことを知ってるんだよな」

「彼らには、口止めしてありますから。Jのための捜査をしているんだから、彼らは協力してくれるはずです」

「その二人のどちらかが犯人だったら？」

「そうじゃないという前提で、秘密がばれないように気をつけるべきです」

「……で、どうするんだ？」

「ウィークリーマンションか格安の民宿でも、西松さんに探してもらいます」

「一人で滞在するのは危険じゃないか？」

「だいじょうぶですよ。私も警察官なんで。じゃあ、事務所に戻ります」

「まだかかるのか？」

「たぶん、今夜は徹夜ですよ」

電話が切れた。

今の話をかいつまんで伝えると、縞長が言った。

「たぶん、北浦さんとJの間に特別な関係はなさそうですね」

「そう思いますか?」

「ええ。大久保さんが確認してくれるでしょう」

「待機寮には戻らないと言ってますが……」

「当然の配慮かもしれませんね。ただ……」

「ただ?」

「そうなると、私らも待機寮で寝泊まりはできませんね」

「そうか……」

高丸は言った。「俺たち、大久保に張り付いていなけりゃならないんでしたね」

「はい」

縞長がうなずいた。「それが我々の役目ですから」

15

大久保は「徹夜」だと言っていたが、それは大げさで、選挙事務所内の作業は、午前二時くらいには終了した。

スタッフたちが帰宅し、事務所にはごく少数の人たちだけが残っている。

その様子を見ながら、縞長が言った。

「大久保さんも引きあげるんでしょうかね？」

「どうでしょう」

高丸は言った。「あ、でも、大久保はどこに帰るんでしょう……」

「待機寮には戻らないと言っていましたね」

「電話して訊いてみます」

呼び出し音五回で大久保が出た。

「どうしました？」

「今夜はどこに泊まるのかと思ってな……」

「西松さんがビジネスホテルの部屋を押さえてくれました。取りあえず今日はそこに泊まります」

「ビジネスホテルか……」

「ホテルなんて贅沢《ぜいたく》だって言ったんですけど、手頃なウィークリーマンションや民宿が、選挙事務所の近くになかったんです」

「別に贅沢じゃないだろう。出張なんだから……」

「宿泊費、どこで出すんでしょうね？　特捜本部で出してくれるならいいけど、分駐所が払うことになったら、きっと所長は渋い顔しますよね」

「そんなことはないだろう」

「あの人、けっこうケチですよ」

「そうなのか……」

安永所長との付き合いは、大久保より長いが、高丸はそんなことを思ったことはなかった。

大久保は、人の知られざる一面を引き出すのだ。

「ホテルはどこにあるんだ？」

大久保が所在地を言ったので、高丸はそれをメモした。

「選挙事務所から歩いて五、六分です」

「徒歩で移動するのか？」

「そうですよ」

「くれぐれも気をつけろ」

「気をつけなきゃならないのは、私じゃなくてＪでしょう」

「そりゃそうだが……」

「じゃあ、私は引きあげます。あ、ホテルまで尾行とか、周辺で張り込みとかしないでくださいよ。高丸さんたちも、ちゃんと寮に帰って寝てください」

「わかったよ。じゃあな」

高丸は電話を切った。

それから十分ほどすると、西松から無線連絡があった。

「俺は引きあげるが、どうする？」

縞長がマイクを取った。

「明日は……。いや、もう日が変わっているから正確には今日ですが、公示日なので、このまま警戒を続けるべきかと思うのですが……」

「Jはいないし、お嬢も帰ったんだろう？　あんたらも帰って休めよ。あとは、うちの地域課に任せてさ」

縞長がトークボタンを押さずに、高丸に言った。

「どうします？」

高丸はこたえた。

「西松さんの言うとおりにしましょう」

縞長は、うなずくとトークボタンを押した。

「川越3。機捜235、了解しました。引きあげます」

「機捜235。ゆっくり休んでくれ。まあ、もうゆっくりというほどの時間はないけどな」

高丸は、無線連絡が終わると車を出した。川越署に着いたのは、午前二時二十分頃だ。五分でも十分でも睡眠時間を稼ぎたい。

歯磨きをするとすぐにベッドに潜り込んだ。縞長の寝息が聞こえてくる。やがて、高丸も眠った。

高丸と縞長は、午前八時には選挙事務所そばの駐車場に陣取って、監視を始めていた。近くに川越3もいる。

その覆面パトカーを降りた西松が近づいてきた。機捜235の後部座席に乗り込むと、彼は言った。

「いよいよ公示日だな」

高丸は尋ねた。

「今日はどういう流れになるんでしょう?」

「まずは、立候補の受け付けだ。八時半から県の選挙管理委員会で手続きをする。くじ引きで届け出順を決めるんだ」

「くじ引きですか?」

「そう。掲示板のポスターの位置も、NHKの政見放送も届け出順で決まるからな」

「そうなんですね」

「届け出が済むと、選挙の七つ道具を渡される。選挙カーに積む表示板や、街頭演説用の腕章などだ。それらがそろうと、出陣式だ」

「Jが来るのは、午後二時頃だということです」

「つまり、出陣式はそれ以降ということになるな。それまでに、届け出の手続きを済ませるつもりだろう」

「それにしても、西松さん、選挙のことをよく知ってますね」

「ああ? サツカンやってたら、これくらい常識だろう」

「そうですかね……」

「実はな、ちょこっとだが、知能犯係にいたことがあるんだ」

「なるほど、そうでしたか」

所轄の知能犯係は、本部の捜査二課と連携して、選挙違反の摘発なども行う。

「どんな経験も役に立つんですね」

「おうよ。警察は異動が多いだろう。どんな部署の仕事も無駄になることはないと、俺は思っている」

「シマさんも、見当たり捜査班の経験が、今おおいに役立っています」

「へえ……。見当たり捜査やってたのか。そいつはすごいな……」

「いえ……。背水の陣でした」

「背水の陣？」

「ダメな捜査員だったので、ミスばかりでした。それで、当時の上司に言われたんです。見当たり捜査で実績を出さなければ、おまえの行くところはもうないって……」

「それって、クビってことかい」

「その上司は、私のクビを切る権限はありませんでしたが、まあ、似たようなことですね。それで、必死で被疑者の顔を覚えました。それだけのことです」

「そうか……」

西松が言った。「その経験が今に活《い》きてるってことだね」

「はい」

高丸は、事務所のスタッフたちが、駐車場にある選挙カーから、候補者の名前を隠していた幕を撤去しはじめたのを見た。

「あ、選挙カーに候補者の名前が……」

それにこたえたのは、西松だった。

「届け出が済んだようだな。さて、次は出陣式の用意だな。じゃあ、俺は自分たちの車に戻るよ」

彼は機捜２３５を降りた。


午後十二時半頃に、大月から電話があった。

「無線の応答がないから、電話した。電波届かないのか？」

「あ、こっちの署活系に合わせてあるんだ。どうした？」

「Jが出発した。俺たち警視９３２も同行している」

「到着予定時刻は変更なしか？」

「ああ。二時の予定だ」

「了解した」

「川越署の署活系の周波数教えてくれ」

伝えると、すぐに無線から大月の声が聞こえてきた。

「機捜２３５ならびに川越PS。こちら警視９３２。ただ今開局。感度ありますか？」

縞長がマイクを取って言った。

「警視９３２。こちらは機捜２３５。感度あります」

そしてすぐに別の声が聞こえた。

「警視932。こちらは川越。開局を確認しました」

すると、大月が言った。

「川越PS。こちら警視932。よろしくお願いします」

高丸は言った。

「あいつ、気取ってたなあ……」

縞長がこたえた。

「私たちだけで無線を使っていた時とは違いますよね。川越署の人たちが聞いてますから……」

高丸と縞長は交代で昼食を済ませた。午後一時四十分頃、駐車場に人が集まりはじめた。選挙スタッフやボランティアの人々らしい。

縞長が言った。

「出陣式の準備ですかね」

「そのようですね」

午後一時五十五分、坂本法相の車が到着した。その後ろには警視932がいた。

坂本法相は選挙カーのルーフに顔を出し、マイクを手に、選挙スタッフたちに「力の限り戦いますので、よろしくお願いします」と挨拶をした。

その様子を見ていた縞長が言った。

「Jはこのまま選挙カーで街頭に出るようですね。あ、大久保さんだ……」

その声に促されて、選挙カーのほうを見ると、キャンペーン用のポロシャツを着た大久保が乗り込むところだった。

「あいつ、ウグイス嬢やるんじゃないだろうな」

そのとき、同じポロシャツ姿の西松が近づいてきた。

「これ着てくれ」

ポロシャツとブレザーを差し出した。高丸は言った。

「そうか。自分らもこれ、着るんでしたね」

「そうだよ。選挙スタッフの恰好をしていたほうが、何かと便利だろう」

「警視９３２の二人の分は？」

「ブレザーは二着しかもらってないな。あの二人、拳銃持ってるの？」

「それは確認してません」

「ポロシャツを渡しておくよ。拳銃持ってたら、ウエストポーチか何かで対応してもらおう」

「わかりました」

高丸と縞長は車の中で着替えた。

縞長が言った。

「こういう恰好をすると、大久保さんじゃないけど、なんだかわくわくしますよね」

「え？　そうですか」

「こんな派手な恰好をすることはないですからねえ」

ポロシャツはスカイブルーで、ブレザーも少し濃いめのブルーだ。

「そんなに派手じゃないでしょう。陣営によっては真っ赤なシャツなんかもあるんじゃないですか」

「いやあ、このポロシャツもブレザーもけっこう鮮やかですよ。普段は着ることがないです」

「まあ、選挙戦のユニフォームは目立ってナンボでしょうからね」

「これで、街頭演説なんかのときに、選挙スタッフに紛れ込めますね」

「あ、選挙カーが出ます。追尾します」

「行きましょう」

「機捜２３５。こちら警視９３２」

無線機から大月の声が聞こえてきた。

縞長が応答する。

「警視９３２。機捜２３５です。どうぞ」

「警視９３２は、機捜２３５の後ろにつく」

「了解」

さらに、西松の声が聞こえてきた。

「警視９３２。こちらは、川越3だ。我々は警視９３２の後ろだ」

大月が「了解」と応じた。選挙カーは、ＪＲ川越駅西口駅前広場にやってきた。あらかじめ、選挙スタッフが場所を確保してあり、選挙カーはそこに停車した。

駅前の様子を見て、縞長が言った。

「車が入れそうにないですね」

「ここに車を駐めて、徒歩で行きましょう」

そのとき、大月から無線連絡があった。

「機捜２３５。こちらは警視９３２。我々は車を降りて近づく。そちらはそのまま待機してくれ」

縞長が「どうします」と尋ねた。高丸はこたえた。

「警備部としてはＪを警護したいのでしょう。大月の言うとおりにしましょう」

縞長がマイクを取り言った。

「機捜２３５、了解。待機します」


高丸は、徒歩で選挙カーに近づいていく大月と東原の姿を視認していた。縞長は、選挙カーの前の群衆や、近くを行き交う人々を見つめている。

「木田がいますね」

縞長が言った。「松下の姿もあります。二人ともビラ配りをしています」

やがて、拡声器を通した坂本の声が聞こえてきた。いかにも政治家らしい演説だ。内容は聞き取れないが、おそらく選挙演説で大切なのは、どんなことを話すかよりもどういうふうに話すかなのだろうと、高丸は思った。

さらに縞長が言う。

「あ、今秘書の中沢さんの姿が見えました。選挙カーに乗ってますね。北浦さんもいっしょのようです」

「木田や松下に、妙は動きはないですか？」

「今のところ、熱心にビラ配りをしているようですね」

高丸は、大月と東原の動きに注目していた。彼らは、選挙カー前の群衆に紛れている。人々の数はそれほど多くはない。

よほどの大物か人気のある候補者でないと、人は集まらない。

大月と東原は油断なく人々の動きに注意を払っているように見える。

「やっぱり、警備の人のやり方ですね」

縞長が言った。彼は、高丸が誰を見ているかわかっているようだ。

「大月と東原のことですか？」

「ええ。捜査畑の人はもっと目立たないようにやります。警備の専門家は、目立つことで犯罪の抑止になるという考え方なんですね」

「たしかにそうかもしれませんね。でも、それでJの殺害が防げればオーケーですよね」

「はい。でも、確信犯のように必ず犯行に及ぶと固く心に決めている犯人なら、その警備の裏をかくことを考えるかもしれません」

「そのために、我々捜査員がいるんでしょう」

「そうですね。……ところで、今のうちにJの到着とか、報告しておいたほうがいいんじゃないですか？」

「了解です」

高丸は携帯電話で、葛木係長に連絡した。

「Jは予定どおり、十四時に到着しました。その後、すぐに出陣式を行い、JR川越駅西口駅前広場付近で、街頭演説を始めました」

「異常ないな？」

「ありません。警視932も、Jといっしょに到着しています」

「そうか。連携して事に臨んでくれ」

「はい」

「今、秘書の中沢と北浦、そして松下が、深田正人《ふかだまさと》と何か関係がないか、捜査員たちが調べている」

「深田正人……？」

「死んだ刑事だ」

高丸は尋ねた。

「それで、捜査の結果、何かわかりましたか？」

「まず、三人と深田の接点は見つかっていない」

「接点なんてないと思いますよ。関係があるのは木田だけでしょう」

「関係ないと思っても、調べてみることは必要だ」

「了解です」

「他には？」

「大久保は、川越署の独身寮に滞在していましたが、昨夜から選挙事務所から徒歩五、六分のビジネスホテルに泊まっています」

「どうして宿泊場所を変えた？」

「選挙運動が始まったからです。選挙担当の秘書として潜入しているのに、警察署に寝泊まりしていてはまずいでしょう」

「そこまで気を遣うか」

「本人が言い出しまして……」

「わかった。では……」

電話が切れた。

次に高丸は、安永所長に電話をした。

「お、高丸ぅ。ちゃんと私のこと、覚えてたね」

「忘れませんって」

高丸は、葛木係長に報告したのと同じ内容を安永所長に伝えた。

「え？　大久保、ホテルに移ったの？」

「ええ。大久保が警察官だってことが、犯人にばれないように……」

「なるほど……」

「あの……」

高丸は、ふと気になって尋ねた。「ホテル代はどこ持ちですかね？」

「ホテル代？」

安永所長が言った。「当然、特捜本部持ちでしょう」

「ああ、そうおっしゃると思いました」

「高丸、新堀二機捜隊長に掛け合う？　隊長がうんと言えば、うちで払えるかもよ」

新堀隊長は警視。高丸からすれば雲の上の存在だ。

「本当に自分が隊長に掛け合っていいんですか?」

「おい、やめろよ。高丸ならやりかねないからな……」

「また連絡します」

「ああ。じゃあね」

電話が切れた。


その後、町中を流す選挙カーを、黒塗りの車と機捜235、警視932、それに川越3が追尾していった。

高丸は言った。

「昔みたいに、候補者の名前をひたすら連呼することはなくなったんですね」

「あれは、選挙戦の終盤ですよ。投票が近くなり、選挙戦がヒートアップすると、今でもあれ、やりますよ」

「時折、女性の声がスピーカーから流れますが、あれ、大久保じゃないですよね」

「違うでしょう」

「拡声器を通すと、声が変わりますから、よくわからないですね」

「ウグイス嬢が乗っているはずですから、その人の声でしょう」

やがて、選挙カーは選挙事務所に戻った。午後八時だった。街頭演説や車上からの拡声器の使用は、午前八時から午後八時と決められているのだ。

高丸も選挙事務所の近くに車を停めた。

16

これで一日目が終わりかと思ったら、そうではなかった。候補者の活動はまだまだ続く。午後八時を過ぎると、選挙事務所に次々と来客があった。高丸は言った。

「あれ、どういう人たちなんでしょう?」

「地元の市議会議員かなんかでしょう。あとは、経済団体の役員とか……」

「へえ……」

「地元の党の関係者なども会いに来るでしょうね」

「何の話をするんでしょう」

「激励でしょう。今さら票の取りまとめとかの具体的な話はしないでしょう」

「候補者はやることがいろいろあるんですね」

一時間ほどで来客は途切れた。

「ようやく終わりでしょうかね?」

高丸が言うと、縞長はこたえた。

「どうでしょう。大久保さんも選挙事務所に戻っているでしょうから、訊いてみたらどうです」

「はい」

高丸は携帯電話を取り出して、大久保にかけた。

「今日の活動は、これで終わりか?」

「まだ終わりじゃないですよ」

「え? だって、もう音は出せないだろう?」

「拡声器から音は出せないけど、やれることはありますよ」

「やれること……?」

「これから、商店街に行って挨拶運動です」

「挨拶運動……?」

「声をかけたり、握手したり……」

「握手だって」

思わず声が大きくなった。「殺害予告が出ていることを忘れたのか」

「誰も忘れちゃいませんよ。でもね、選挙ですから、やることをやらなきゃなりません」

「それはわかるけど……」

「今は戸別訪問が禁止されてますけど、ドブ板選挙の精神は生きてるんです。声掛け・握手は重要なんです」

「SPは何と言ってるんだ?」

「何も言いませんよ。警備担当者が大臣の活動に口出しはできないでしょう」

「でも、何か起きたら責任問題だろう」

「そりゃあ、渋い顔してますよ。でも、仕方ないでしょう。選挙なんだから」

「選挙に勝っても、殺されたら元も子もないだろう」

「大臣に言わせると、選挙に勝てなければ死んだも同然だそうですよ」

「殺害予告に実感がないから、そんなことを言えるんじゃないのか」

「私に言わないでください。あ、そろそろ出かけます」

「おまえも行くのか？」

「はい。張り付いているのが私の仕事ですから」

「じゃあ、俺たちも行く」

「了解です」

電話を切り、今の話の内容を告げると、縞長は無線のマイクを取った。

「警視932、ならびに川越3。こちら、機捜235。Jがこれから挨拶運動に出るということです。我々も同行します」

「機捜235。こちら警視932。了解しました。我々も追尾します」

「機捜235。川越3了解。俺たちもついていく」

坂本法相や大久保たちを乗せた選挙カーが、再び走りはじめた。中にはSPの二人もいるはずだ。

選挙カーは「蔵の街」などと呼ばれる、一番街商店街にやってきた。古い蔵造りが立ち並ぶ通りだ。

昼間は観光客で賑《にぎ》わうが、さすがにこの時間には人通りはまばらだ。それでも、坂本法相は車を降りて通行人に声をかけ、握手を求める。

ＳＰの二人が、何かあればすぐにでも飛びかかれる距離で坂本法相を見守っている。その周囲には、スカイブルーのＴシャツやポロシャツを着た運動員の姿がある。

その中に大久保がいた。

高丸と縞長は、駐車した車の中からその様子を見つめていた。

「木田や松下の姿は見えますか？」

高丸が尋ねると、縞長はこたえた。

「いえ、いませんね。運動員のシフトがあるのかもしれませんね」

「しかし、法相はタフですね。東京から駆けつけてから休みなしです」

「選挙中は全力疾走でしょうね。きっとアドレナリンが出て、疲れも忘れるんでしょう」

「なんか、選挙ってすごいですね。外で見ているとまったくわかりませんが……」

「選挙速報なんか見ていると、ああ、これ、戦国時代の国盗《くにと》りといっしょだなと思いますね。戦《いくさ》なんですよ」

「まだ選挙戦一日目ですけど、それ、実感ですね」

声掛け・握手は一時間ほどで終わった。

選挙事務所に戻った坂本法相は、まだ帰宅せずに、スタッフと打ち合わせをしているらしい。

選挙事務所の外に車を停めて待機している高丸の携帯電話が振動した。大久保からだった。

「どうした」

「今日はこれで解散らしいです。私も帰宅しろと言われました」

「ホテルまで送ろうか？」

「だから、警察の車に乗るのはまずいんですって……」

「そうか。わかった。気をつけて帰れ」

「はい。じゃあ、また明日……」

高丸は電話を切って、縞長に言った。

「さすがに、今日はこれで皆引きあげるようです」

「明日の朝も早いでしょうからね。午前八時に声出しをするとして、場所取りやそこへの候補者の移動なんかを考えると、スタッフが動き出すのは早朝でしょう」

「我々も引きあげましょう。大月たちと連絡を取ってみましょう」

「はい」

縞長は無線のマイクを取った。

「警視932、および川越3。こちら、機捜235」

「機捜235。こちら、警視932です。どうぞ」

「選挙事務所、今日はこれで解散のようですから、我々も引きあげようと思いますが、そちらはどうします?」

「警視932も引きあげます」

「川越3も帰る」

「機捜235、了解」

縞長がマイクをフックに戻すと、高丸は車を出した。

「川越署に向かいます」

川越署の駐車場で、大月、東原、西松、そして西松のペアの四人に会った。

高丸は大月に尋ねた。

「明日、Jは何時に出るんだ？」

「七時半に自宅を出る予定だ。俺たちは七時にここを出て、Jの自宅前でSPたちと合流する」

「わかった。俺たちもそうする」

高丸たちのやり取りを聞いていた西松が言った。

「おたくらに任せちまいたいけど、そうもいかねえよなあ……。俺たちも付き合うよ」

高丸、縞長、大月、東原の四人は、待機寮に引きあげた。

例によって、少しでも睡眠時間を稼ぐために、四人はすぐに部屋に入った。高丸は歯を磨き、ベッドにもぐり込む。

疲れているのだが、すぐには眠れなかった。候補者は、選挙戦が始まるとアドレナリンが出ると、縞長が言っていた。同じことが自分にも起きているのかもしれないと、高丸は思った。

たった一日、選挙戦に付き合っただけで、気分が高ぶっているらしい。

単に選挙だというだけではない。坂本法相の命を狙っているやつがいるかもしれない。そして、そいつは高丸たちのすぐそばにいる可能性もある。

坂本法相の行動を見ていると気が気ではなく、その緊張がまだ解けていないのだ。

だが、警察官の性《さが》か、やがて眠気がやってきて、いつしか高丸は眠りに落ちた。

翌朝は予定どおり、午前七時に機捜235で出発した。警視932の大月と東原や、川越3の西松たちも同じ時刻に駐車場を出た。

坂本法相の自宅に近づくと、制服を着た地域課係員の姿を何人か見かけた。

縞長が言った。

「川越署の地域課が夜の間警戒してくれたようですね」

坂本法相を乗せた黒塗りの車は、午前七時半を少し過ぎた頃に出発して、選挙事務所に向かった。

坂本法相がSPとともに選挙事務所に入った。

高丸は、昨日と同じ場所に車を駐めて待機することにした。

そのまま時間が過ぎていった。

高丸は言った。

「すぐには出かけないようですね」

縞長がこたえた。

「おかしいですね。八時に声出しをするなら、もうそろそろ出かけなければいけない時刻です」

坂本法相は、選挙事務所に入ったまま出てこない。選挙カーは駐車場に駐まったままだ。

午前八時になろうとするとき、選挙事務所から秘書の北浦が出てきた。

そのまま、まっすぐ高丸たちの車のほうにやってきた。縞長が助手席の窓を開けた。

「どうかしましたか?」

縞長の問いに、北浦がこたえた。

「大久保さんがどこにいるか知らない？」

「え……」

高丸は思わず聞き返した。「大久保……？　事務所じゃないんですか？」

「姿を見せないのよ」

「電話してみましょう」

高丸は携帯電話を取り出した。北浦が言った。

「かけてみたけど、出ないのよ」

高丸もかけてみた。呼び出し音は鳴るが、大久保は出ない。やがて、留守番電話のアナウンスが入った。

「おかしいですね」

高丸は言った。「いつもは、呼び出し音五回以内に出るのに……」

「警察の寮でいっしょだったんじゃないの？」

「いえ、一昨日夜から大久保は近くのビジネスホテルに移りました」

「そのホテルに行ってみましょう」

北浦が後部座席に乗り込んだ。

「わかりました」

高丸が車を出すと、縞長が無線のマイクを取った。

「警視９３２、ならびに川越３。こちら機捜２３５。係員一名の所在がわからず、宿泊していたホテルに向かいます」

続いて縞長は、ホテルの名前と所在地を告げた。

「機捜235。こちら、川越3。おい、所在がわからない係員って、まさか……」

「機捜231の乗員です」

縞長はそう言った。無線で大久保の名前を言うのは、はばかられるのだ。

「機捜235。こちら川越。状況を知らせ」

縞長がこたえた。

「川越PS。こちら機捜235。捜査情報に係《かか》る事柄ですので、無線では報告できません」

西松の声が聞こえた。

「川越PS。こちら川越3。後で、電話で俺から報告する」

「機捜235、ならびに川越3。川越、了解」

ルームミラーで後方を確認すると、川越3がすぐ後ろにいた。

ホテルに到着すると、高丸と縞長はフロントに行き、大久保の所在について尋ねた。

「チェックアウトはされていませんね」

フロントの女性係員がそう告げた。

高丸は言った。

「出かけていますか?」

「カードキーをお持ちなので、こちらではわかりかねますが……」

「部屋を調べてもらっていいですか?」

フロント係は怪訝そうな顔をする。

「失礼ですが、お泊まりのお客さまとどういうご関係でしょう?」

高丸は警察手帳を出した。

「泊まっているのは、警視庁の同僚です」

「警視庁……?」

縞長が言った。

「至急、部屋を調べてもらえませんか?」

「わかりました」

フロント係は、カウンターから出てきた。彼女についてエレベーターに乗る。北浦、そして、西松と彼のペアもいっしょだ。

フロント係の女性は、部屋の前にやってくると、ドアをノックした。返事はない。

「開けます」

彼女はカードキーをドアノブの上にあるセンサーにかざして解錠した。ドアを開いて入室する。

部屋は狭いシングルルームだ。大久保の姿はない。フロント係は浴室のドアをノックして開けた。そこにもいなかった。

ベッドを使った形跡はある。ここに一泊したことは間違いなさそうだ。

縞長が礼を言うと、フロント係は部屋から出ていった。

西松が言った。

「どういうことなんだ?」

北浦がこたえた。

「選挙カーに乗るスタッフは、七時半集合の予定だったの。でも、大久保さんは現れない」

縞長が言った。

「それで、選挙カーが出発しなかったんですね」

北浦がうなずく。

「議員が心配して、彼女が見つかるまで選挙カーには乗らない、と……」

西松が北浦に尋ねた。

「最後にお嬢を見たのは？」

「お嬢？　それ、大久保さんのこと？　彼女を最後に見たのは、昨夜の十時半頃のことね。選挙事務所で別れた」

高丸は西松に言った。

「その時間に、自分は彼女と電話で話をしました。送ろうかと言ったのですが、警察の車に乗るのはまずいと言って……」

「で、一人で帰ったのか？」

「そうだと思います」

西松は部屋の中を見回して言った。

「ホテルには来ているようだな。いなくなったのは、今朝のことだろう」

北浦が言う。

「部屋にいないということは、寝坊したわけでもないわね」

縞長が言った。

「理由もなく遅刻したり、無断で欠席したりする人ではないと思います」

西松が言った。

「彼女の身に何かあったと考えるべきだな。取りあえず俺は車に戻って署に連絡する」

「私も選挙事務所に戻らなきゃ」

高丸が言った。

「じゃあ、我々の車に乗ってください」

高丸、縞長、北浦の三人が機捜235まで戻り、乗り込んだ。

高丸は車を出し、選挙事務所に向かった。西松たちの川越3の後を追うような恰好になった。

選挙事務所前に停車すると、北浦が降りた。

選挙事務所に入る彼女の姿を視認して、高丸は言った。

「特捜本部と所長に報告します」

「そうですね」

まず葛木係長に電話して報告した。

「大久保がいなくなった?」

葛木係長が言った。「最後に所在が確認されたのは?」

「昨夜の十時半頃です。ビジネスホテルに宿泊した痕跡がありました」

「部屋の様子を見たのか?」

「見ました」

「争ったような跡は?」

「ありませんでした」

「だとしたら、部屋を出てから何かあったか……」

「……だと思います」

「川越署と連携して、目撃情報や防犯カメラの映像を当たれ。何かわかったら、すぐに連絡しろ」

「了解しました」

電話が切れると、次に安永所長にかけた。

「どうした、高丸」

「大久保が姿を消しました」

「姿を消した？」

高丸は、昨夜からの経緯を説明した。

「あいつのことだから、どこかで朝ご飯でも食べてるんじゃないでしょうね」

「選挙カーの出発時間をすっぽかすやつじゃないでしょう。Ｊに張り付くのが仕事なんですから」

「連絡は取れないのね？」

「電話に出ません」

「わかった。何か進展があったら知らせて」

「はい」

高丸が電話をしまったとき、選挙事務所を出て駆けてくる北浦の姿が見えた。

縞長もそれに気づいて、助手席の窓を開ける。

北浦が言った。

「議員に何者かから電話があった。秘書を預かっているって」

「その秘書って……」

高丸が言うと、縞長が応じた。

「大久保さんのことでしょうね」

17

高丸と縞長は、北浦とともに、駆け足で選挙事務所に向かった。

重苦しい雰囲気だった。……というより、誰もが戸惑っている様子だ。いつも大久保が座っていた席に、彼女の姿はない。

ソファに坂本法相がおり、その近くに二人のＳＰの姿があった。

西松が高丸たちに近づいてきて言った。

「電話はすぐに切れたらしい」

高丸は尋ねた。

「電話を受けたのは誰です？」

その問いにこたえたのは、北浦だった。

「ボランティアの女性」

彼女は、視線でその女性を指し示した。二十代前半だ。「名前は、水守《みずもり》さん」

縞長が水守に尋ねた。

「相手は何と言ったのです？」

「坂本に代われと……」

「呼び捨てだったのですか？」

「はい」

「それで……？」

「どちらさまですかと尋ねましたが、いいから代われと言われ、坂本大臣に出てもらいました」

ソファの坂本が言った。

「代わると、相手は言った。秘書を預かっている、と……」

縞長が尋ねた。

「それで……？」

「それだけ言うと電話が切れた」

縞長はうなずき、再び水守に質問した。

「相手はどんな声でした？」

「どんなって……。男の声でした」

「年配ですか？　それとも若い声？」

「年配という感じじゃなかったです。どちらかというと若いかも……」

「何か特徴はありませんでしたか？　声が嗄《しわが》れているとか、訛《なま》りがあったとか……」

「いえ、覚えていません。ただ……」

「ただ、何です？」

「焦っているように感じました」

「焦っている……」

「はい」

高丸は縞長に言った。

「とにかく、葛木係長に知らせます」

「そうですね」

高丸は携帯電話で連絡した。電話の件を報告すると、葛木係長は言った。

「秘書を預かっている。電話の相手が言ったのは、それだけなんだな？」

「はい」

「他の秘書のことではないのだな？」

「本物の秘書はみんな無事です。姿を消したのは大久保だけです」

「要求はなかったのだな？」

「これからだと思いますが……」

「わかった。これから、特殊班がそちらに向かう」

「え……。ＳＩＴがですか？」

「所轄と段取りを組んでおいてくれ」

「あ、承知しました」

電話が切れた。

高丸は、縞長と西松に言った。

「特殊班が来るということです」

縞長がうなずく。

「拉致《らち》や誘拐となれば、当然ですね」

「それで、所轄と段取りを組めと言われました」

西松がこたえた。

「いちおう、大久保ちゃんがいなくなったことは係長には言ってあるが、警視庁から特殊班が来るとなると、合同捜査本部ってこともあり得るね」

縞長が言った。

「警視庁、埼玉県警、双方の刑事部長あたりの判断ですね」

「部長が何言うかわからんけど、設営をやらされるのは下っ端《ぱ》だよ。署長の機嫌が悪くなるだろうから、警務課長あたりは胃が痛い思いをするだろうな」

「捜査本部っていうのは、所轄にとっては大きな負担になりますからね」

「俺、ちょっと、電話しておくわ」

西松は高丸たちから離れて、携帯電話を取り出した。

坂本法相が言った。

「大久保君の無事が確認できないことには、身動きが取れない。早いところ、何とかしてくれ」

すると第一秘書の中沢が言った。

「大久保さんは秘書じゃない。誘拐犯が勘違いしただけだ。選挙運動を再開すべきじゃないのか?」

これは聞き捨てならないと、高丸は思った。

「ばか言え」

坂本法相が言った。「本当の秘書であろうがなかろうが、大久保君の命が危ないことに変わりはない。人命第一だ。へたに動けない」

俺が言いたいことを代わりに言ってくれたと、高丸は思った。

だが、坂本法相の矛先《ほこさき》が再び警察に向いた。

「だから、一刻も早く大久保君を救い出してもらわなければ困る。選挙運動は、一刻一刻が勝負なんだ。こうしている間にも、対立候補に差を詰められる」

「もちろん、全力を尽くします」

縞長が言った。「大久保は我々の仲間なのですから……」

電話をしていた西松が高丸のもとに戻ってきて言った。

「係長が、戻ってこいってさ。行っていろいろ説明してくるから、特殊班が来たら署に来るように言ってくれ」

「すいません。よろしくお願いします」

高丸は頭を下げた。警視庁を代表しているような気分だった。

十時頃、葛木係長以下特殊班十数名が到着した。女性係員も交じっている。

葛木係長はまず、坂本法相に挨拶をした。

「俺のことは気にしなくていいから、とにかく早く事件を解決してくれ」

坂本法相にそう言われて、葛木係長は高丸に言った。

「詳しい経緯を報告してくれ」

高丸は、大久保の姿が見えなくなってから、坂本法相宛ての電話が来るまでのことを、順を追って報告した。

その報告を、特殊班の係員たちが輪を作って聞いていた。

高丸は、報告の最後に言った。

「特殊班が到着したら、川越署に来るようにと言われています。強行犯係の西松巡査部長が窓口になってくれます」

葛木係長が言った。

「では、すぐに向かおう。機捜235の二人はここにいてくれ。その服装は都合がいい」

キャンペーンのユニフォームのことだ。

高丸が「了解しました」とこたえると、葛木係長とともに約半分の係員が川越署に向かった。

残った係員は、事務所の固定電話に録音機などの機材を取り付けている。ものすごく手際《てぎわ》がいいので、高丸は驚いていた。特殊班は伊達《だて》ではないなと思った。

応接セットのほうでは、坂本法相と中沢の真剣な話し合いが続いている。話の内容は聞こえないが、選挙運動をどうするかについて議論しているのだろう。

特殊班と高丸たちは、犯人からの電話を待っていた。電話が鳴るたびに緊張するが、いずれも選挙関係の電話で、犯人からはかかってこない。

十時半頃のことだ。選挙スタッフの一人が声を上げた。

「あ、これって、大久保さんのことですよね……」

彼はスマートフォンを見ていた。

北浦が尋ねた。

「何の話？」

選挙スタッフはＳＮＳに書き込みがあると言った。北浦はすぐにスマートフォンを取り出した。

「『秘書のことが心配でしょう。ならば、我々の言うとおりにしてください』。この書き込みのことね」

坂本法相も電話を取り出し、画面を見つめている。同じＳＮＳを見ているのだろう。

高丸も、自分のスマートフォンでそれを確認した。

「連絡の方法を、電話からＳＮＳに切り替えたのですね」

高丸が言うと、固定電話の近くにいる特殊班の係員が言った。

「我々が来たので、電話は危険だと考えたのだろうな」

「え……」

縞長が言った。「つまり、犯人は選挙事務所に特殊班が到着したことを知っているわけですよね」

特殊班の係員は言った。

「我々が来たことを知っているとは限らない。誘拐となれば、警察がやってきて、電話の逆探知などを試みるのは、周知のことだ」

「それはそうですが……」

縞長はひっかかっている様子だった。

坂本法相が言った。

「つまり犯人は、今後SNSで俺に指示を出すということだな」

縞長がこたえた。

「ええ、そういうことだと思います」

「投稿者を特定できないのか」

特殊班の係員がこたえた。

「SNS管理者やプロバイダの協力を得て捜査しておりますが、まだ特定にいたっておりません」

「なぜそんなに手間取るのだ？」

「誰でも簡単にアカウントを作れてしまいますので、いわゆる裏アカが使えます。そして、犯人はVPNアプリを使用しているようなので、IPアドレスを特定できないのです」

「それを何とかするのが警察じゃないのか」

「仰《おお》せのとおりです。努力しております」

「まだ名前を訊いてなかったな。所属と名前を教えてくれるか」

「警視庁捜査一課特殊犯捜査第一係、遠藤幸太《えんどうこうた》警部補です」

「遠藤君。特殊犯捜査係というのは、誘拐や立てこもりの専門部隊だな？」

「はい。別名ＳＩＴと呼ばれております」

「ならば教えてくれ。これから俺はどうすればいい？」

「できれば、我々の指示に従っていただきたいと思います」

「人質救出、犯人逮捕のために、もちろん指示には従うつもりだ。だが、犯人の要求が無理難題だったらどうする？」

「我々は臨機応変に考えます」

するという、中沢が言った。

「今は選挙活動中だ。坂本は人命最優先だと言い、もちろんそれに異存はないが、正直に言うと、私は選挙を最優先したい」

「承知しております」

遠藤は言った。「できるだけすみやかに解決できるよう、全力を尽くします」

「頼むよ。政治家にとって選挙は何より大切なんだ」

遠藤が矢面に立っているようで気の毒だと高丸は思ったが、他人事ではない。何より大久保のことが心配だった。

スマートフォンが振動した。西松からだった。

「はい、高丸」

「やっぱり捜査本部ができるようだ。ちょっとこっちに来られないか？」

「Jのもとを離れていいんでしょうか?」

「そっちはSPと特殊班に任せればいいと、葛木係長が言っている」

「警視932もこちらに残しましょう」

「あ、彼らも連れてきてくれ。捜査本部での役割分担をするということだから……」

「了解しました」

高丸は、電話を切ると縞長と遠藤に言った。

「川越署に捜査本部ができるので、そちらに来てくれと言われました」

遠藤がうなずいた。

「ここは引き受けた」

「行きましょう」

高丸は縞長といっしょに選挙事務所を出た。

前の道路に警視932が停まっていた。助手席の窓が開き、大月が高丸に声をかけた。

「おい、どうなっている?」

「秘書を誘拐したと、犯人から電話があった。それで、特殊班がやってきた。さらに今しがた、SNSに、秘書のことが心配なら言うとおりにしろという書き込みがあった」

「秘書って、大久保のことだな?」

「川越署に捜査本部ができるので来いと言われた。おまえたちも同行してくれ」

「わかった。川越署に向かう」

窓が閉まった。

高丸と縞長は機捜235に乗り込んだ。

縞長が言った。

「えらいことになりましたね……」

「とにかく、大久保のことが心配です」

「犯人が、何か要求を出したときに、特殊班が彼女の無事を確認しようとするでしょう」

「大久保を人質に取って、何を要求するつもりでしょう」

「もし、SNSに法相の殺害予告をしたのと、大久保さんを誘拐したのが同一犯だとしたら、当然、法相の命を狙うということでしょうが……」

「が……?」

「え……?」

「本気ならもっとやりようがあると思うんですよね……」

「あ、話は後です。とにかく、捜査本部に急ぎましょう」

高丸は車を出した。


川越署の受付で捜査本部のことを尋ねたら、講堂へ行けと言われた。

高丸、縞長、大月、東原の四人が講堂に行くと、すでに捜査員席用の長テーブルが運び込まれていた。

管理官席のスチールデスクの島もできている。正面の幹部席にいるのは、川越署の刑事課長らしい。

西松が高丸たちに気づいて手招きした。彼は葛木係長と話をしていた。高丸たちが近づくと、西松は言った。

「場所を貸すし、形式上うちの刑事課長が幹部席にいるが、仕切りは警視庁の特殊班だ」

縞長が驚いた顔で言った。

「川越署や埼玉県警は、それで納得なんですか？」

「ああ。ＳＩＴといっしょに捜査できるなんて、またとないチャンスだ」

そこで、西松は声を落とした。「誰だって、法相の殺害予告だの、警視庁捜査員の誘拐だのといった面倒な事案を引き受けたいとは思わないよ」

「でも、合同捜査本部なんですね？」

それにこたえたのは葛木係長だった。

「そうだ。西松さんが言ったとおり、中心は特殊班だが、川越署や埼玉県警本部からも捜査員を出してもらう。こちらにも、ＳＴＳという特殊班があるらしい」

それを受けて西松が言った。

「うちのＳＴＳは、実はシマさんたちのような機捜隊員が中心なんだけどね」

「えっ。機捜隊員が特殊班ですか……」

高丸が思わずそう言った。「自分にはとても、特殊犯罪に対処する自信がありませんが……」

葛木係長が言った。

「何事も訓練だ。機捜２３５と警視９３２の無線は、川越署の署活系に合わせてあるんだな？」

高丸と大月が同時に「はい」と返事をした。

葛木係長が言った。

「では、今から捜査本部の無線に合わせてもらう。川越3もそうする」

周波数を聞き、高丸はこたえた。

「了解しました」

「選挙事務所の駐車場に、前線本部となるマイクロバスを駐める。そこに、特殊班の係員が詰める。機捜235と警視932も、選挙事務所かその周辺に詰めてくれ」

また逆戻りということだが、文句は言えない。一見、無駄なようでも、捜査本部に足を運び、役割分担の指示を受けることは重要だ。

この眼で捜査本部の様子を見ておくことも大切だと、高丸は思った。

葛木係長が高丸に尋ねた。

「大久保が宿泊したホテル周辺の防犯カメラのチェックは？」

「まだです。大久保が行方不明になったと知って、選挙事務所に急行しましたので」

「わかった。それはこっちでやる。機捜235と警視932は、選挙事務所に戻ってくれ」

「はい」

捜査本部を出ようとすると、縞長がそっと言った。

「増田がいなくてほっとしましたよ……」

高丸は言った。

「もう吹っ切ったんじゃなかったんですか？　増田の態度もずいぶん変わったようだったし……」

「ええ。でもね……」

縞長は言った。「トラウマって、なかなか消えないんですよ」


車に戻るとまず、縞長が無線連絡した。

「捜査本部。こちら機捜235。ただ今こちらのチャンネルで開局しました」

縞長が言うとすぐに返答があった。

「機捜235。こちら川越捜査本部。了解」

警視932と捜査本部の間でも同様のやり取りがあった。

高丸は車を出して、選挙事務所に戻った。

「あ、あの濃紺のマイクロバスが、前線本部ですね」

縞長が指さす先を見ると、選挙カーの隣にそれが停まっていた。機捜235と警視932は、出発する前と同じ場所に駐車した。

事務所に戻ると、遠藤が高丸に言った。

「戻ってきたのか……」

「はい。捜査本部には、川越署・埼玉県警本部からも人を出すそうです。我々はこちらに詰めるようにという指示でした」

「わかった」

縞長が遠藤に尋ねた。

「その後、どうです?」

「電話はない。犯人からの連絡待ちだ」

そのとき、北浦が言った。

「またよ。ＳＮＳへの書き込み」

選挙スタッフたちが一斉にスマートフォンを見た。

18

坂本法相も、スマートフォンを見つめている。

高丸もそれを確認した。

「坂本法相へ。街頭演説を許可する。岩淵真《いわぶちまこと》に歌わせろ」

それが、書き込みの内容だった。

縞長が高丸に言った。

「岩淵真って、あの歌手の……」

「歌手というか、アーチストですね」

「昔は、シンガーソングライターなんて言いましたけどね……」

誰でも知っているベテランのミュージシャンだった。今は五十歳を過ぎているが、若い頃にはヒット曲を連発した。今でもカラオケで彼の曲はよく歌われている。

オールドファンだけでなく、新たに若いファンも増えているという。

遠藤が坂本法相に尋ねた。

「これがどういうことか、おわかりになりますか?」

「岩淵真とは親しくしているが……」

「本当ですか。それはすごい……」

「すごいかね?」

「ええ。岩淵真は、カリスマですから。街頭演説のときに、彼に歌ってもらえということですね?」

「そういう指示だろうな」

「そうなれば、聴衆が殺到しますね」

「人は集まるだろうな……」

「選挙戦もおおいに盛り上がることになりますね」

「聴衆は盛り上がるね……」

坂本法相は渋い顔だ。

遠藤が怪訝そうな顔になる。

「何か問題でも?」

すると、中沢が言った。

「問題どころか、死刑の宣告だよ」

「おい」

坂本法相が言った。「法務大臣の前で死刑とか言うな」

「それくらいに深刻だということだ」

遠藤はさらに尋ねた。

「何が問題なのでしょう?」

中沢が目をむく。

「岩淵真が応援に来て、一曲歌ったりしたら、坂本はアウトだ」

「アウト……?」

「公職選挙法違反で検挙される」

「えっ」

遠藤が聞き返した。「公職選挙法違反?」

高丸も不思議に思い、聞き耳を立てた。

中沢が説明を始めた。

「もちろん、岩淵真が応援にやってくるだけなら問題はない。人集めにもなるだろう。だが、そこで彼が持ち歌を歌ったりしたら違反になる」

遠藤が尋ねた。

「なぜです?」

「岩淵真がプロの歌手だからだよ。プロの歌手というのは、歌を歌って金を稼ぐ人のことだ。それが、選挙の応援で歌ったとしたら、特定の候補のために、歌で稼ぐべき報酬を聴衆に提供したということになる」

あ、そういうことかと、高丸は心の中で言った。

「だからね」

中沢はさらに言った。「この書き込みはつまり、坂本に選挙違反をやれと言っているんだよ」

遠藤をはじめ、高丸たち警察官は、坂本法相に注目した。

坂本法相は言った。

「犯人は、私がうっかり岩淵に歌わせるとでも思ったのかね……」

「……というより」

遠藤が言った。「やりたくないことをやらせるのが目的でしょう」

中沢が言う。

「選挙違反などとんでもない。絶対に岩淵真に歌わせたりしないぞ」

「だがな……」

坂本法相が言う。「それをやらなきゃ、大久保君が殺されるかもしれないんだぞ」

中沢が言い返す。

「わかってるのか。岩淵真が歌ったら、その瞬間に、あなたの選挙は終わるんだよ。戦わずして終わるんだ。そしてそれはつまり、あなたの政治家としての生命が終わることでもある」

「浪人は経験している」

「落選することと、公選法違反で捕まることとは別問題だ。私は本気で言ってるんだ」

「俺だって本気だ。大久保君を見殺しにはできない」

「犯人は、いつ岩淵真に歌わせるか日時を指定しているわけじゃない。できるだけ引き延ばして、その間に警察に大久保さんを救出してもらおうじゃないか」

「それが理想的なシナリオだが……」

坂本法相が遠藤を見た。

遠藤はうなずいて言った。

「そのように努力いたします」

中沢が言った。

「努力だけじゃだめだ。結果を出してもらわなけりゃ」

遠藤がこたえる。

「もちろんです。誘拐されたのは、我々の身内ですし……」

坂本法相が表情を曇らせる。

「犯人に、大久保君が警察官だということがばれたらまずいんじゃないのか」

遠藤は即答した。

「危険だと思います。ばれないことを祈るしかありません」

大久保はうまくやれるだろうかと、高丸は思った。余計なことはせずに、無事でいてほしい。

ふと縞長を見ると、彼はしきりに何やら考えている様子だ。その表情が気になって、高丸は言った。

「何考えてるんです？」

「あ……。いえ、どうしても腑《ふ》に落ちないことがありまして……」

「腑に落ちない？　何が？」

「犯人はJをどうしたいのかと思いまして……」

「どうしたいって……。殺害予告をしているんだから、その予告を実行したいんでしょう」

話の内容が内容なので、高丸は声を潜めた。同様に縞長も声を落とす。

「じゃあ、何で岩淵真に歌わせろなんて指示するんでしょう」

「Jを困らせたいんでしょう。歌わせたら選挙違反になる。歌わせなければ大久保の命が危ない。窮地に立たせたいんですよ」

「ですよね。でも、それじゃ殺害予告を実行することはできません」

「それはそうですが……」

「もし、予告を実行したいと考えているのなら、Jと接触しなければなりません。大久保さんをその手駒として使うというのなら話はわかりますよ」

「手駒として使う？」

「例えば、人質交換です。大久保さんとJの身柄を交換するとか……」

「どうして犯人はそうしないのでしょう……」

「ね？　腑に落ちないでしょう」

「殺害する前に、Jをさんざん苦しめたい……。犯人はそう考えているのかもしれません」

「テロを実行しようとしているのに、そんな余裕はありますかね……」

「じゃあ、犯人の目的は何なのでしょう？」

「わかりません。だから、考えていたんです」

「たしかに理屈が通りませんね……」

「ただ……」

「ただ？」

「もしですよ、もし、殺害予告の犯人と大久保さんを誘拐した犯人が別だったとしたら、理屈は通ります」

「犯人が別……」

「もちろん、そう結論づけるのはまだ早いと思います。ただ、そう考えないことにはどうにも納得できないんです」

「それ、捜査本部に話しておくべきですよ」

とたんに縞長がたじろいだ。

「高丸さん、話してください」

まだ捜査本部に対する苦手意識が払拭できていないのだ。

「何言ってるんです。シマさんの口から説明するのが一番です。さあ、電話してください」

しばし逡巡《しゅんじゅん》した後に、縞長は言った。

「わかりました。ここじゃナンなので、外で電話してきます」

縞長が選挙事務所を出ていった。

中沢の声が聞こえてきた。

「ともかく、犯人が街頭演説を許可すると言っているのは朗報だ。すぐに、活動を再開しよう」

それに対して遠藤が言った。

「犯人の出方がわかりません。もうしばらく様子を見ることはできませんか」

「このまま手をこまねいていても時間の無駄ですよ。坂本が言ったように、選挙戦は一刻一刻が

うだろう」

坂本法相が言った。

「こちらが動かないと相手も動かないだろう。将棋と同じで、一手打って相手の出方を見てはど勝負なんです」

遠藤が尋ねた。

「街頭演説に出られるということですか？」

「何度も言うようだが、選挙戦は時間との戦いでもあるんでね」

結局遠藤は、それを認めざるを得なかったようだ。警察が選挙運動の妨害をするわけにはいかない。そう考えたのだろう。

街頭演説の準備が始まり、選挙事務所内は急に慌ただしくなった。何人かの選挙スタッフと北浦が選挙カーに乗り込むようだ。

中沢が北浦に言った。

「私は事務所で待機している。犯人が接触してくるかもしれない」

「わかりました」

北浦たちが出ていくのと、入れ違いで縞長が戻ってきた。

「何事です？」

高丸はこたえた。

「Ｊが街頭演説に出るんです。そっちはどうです？」

「葛木係長に話しました」

「反応は?」

「一つの可能性として考慮しておくと……。ものすごく淡々としていましたが……」

「ああ、あの人はいつもそうです」

そのとき遠藤が言った。

「機捜235と警視932は選挙カーに同行してくれ」

特殊班は、前線本部のマイクロバスと選挙事務所に残るということだ。

「了解しました」

高丸・縞長、そして大月・東原の四人は選挙事務所を出た。


選挙カーは南下して、かなりの距離を走行した。

高丸はカーナビを見ながら言った。

「川越市を出ましたね。ふじみ野《の》市を通過して富士見《ふじみ》市に入りました」

助手席の縞長がこたえた。

「Jの選挙区は埼玉7区。川越だけじゃなくて富士見市も含まれますからね……」

川越は商店街もあるし、観光客の姿もあったが、富士見市は住宅街がほとんどという印象だった。

選挙カーは大きな商業施設の駐車場に入った。そこで演説を始めた。

駐車場は混み合っているが、高丸は何とか機捜235を停めることができた。

縞長が言った。

「選挙カーの近くに犯人がいる可能性があります。徒歩で近づきましょう」

「はい」

二人は選挙スタッフに紛れて、周囲を見回した。

高丸は言った。

「犯人がどんなやつかもわからないんです。何を見ればいいんです?」

縞長がこたえた。

「できるだけ多くの人の人着を見ておきたいんです」

縞長ならそれを役に立てることができるのだろう。

聴衆はそれほど多くなく、坂本法相の演説も短めだった。選挙カーは坂本玄の名前を流しつつ、選挙事務所に引き返した。機捜235と警視932もそれに続いた。

選挙事務所に到着したのは昼の十二時頃だった。


そこに安永所長がいたので、高丸は驚いた。

「なんで所長が……」

所長だけではない。徳田班長もいっしょだった。

安永所長がこたえた。

「川越署の捜査本部に行ったら、高丸たちはここにいるというので……」

「いや、そういうことじゃなく……。どうして東京から……」

「大久保が誘拐されたと聞いて、黙っていられますか」

徳田班長がそれを補足した。

「密行は残りの者で回してもらっている。おおよその状況は、特殊班の遠藤から聞いた」

徳田班長と遠藤は同じ警部補だ。そして、年齢はごくわずかだが徳田班長のほうが上だ。だから、徳田は遠藤のことを呼び捨てだった。

安永所長が高丸に尋ねた。

「大久保は無事なの？」

「安否の確認は取れていません。しかし、無事だと思います。犯人はまだ大久保をJの秘書だと考えているようです」

「あいつ、犯人を確保してくれないかしら……」

そのつぶやきに、高丸はまた驚いた。

「そんな無茶な……」

「大久保は、そういう意外なことをやってくれるのよ、時々」

「いや……。自分としては、じっとおとなしくしていて、無事に戻ってくることを祈るだけです」

「警察官はね、祈っていても始まらないの。行動よ、行動」

「はい。わかっています」

そのとき、坂本法相と中沢の会話が聞こえてきた。

「とにかく、岩淵に電話だけでもしておこう」

坂本法相のその言葉に、中沢が応じた。

「来てくれるのはいいが、歌は勘弁だぞ」

「彼だって忙しい身だ。わざわざ応援に来てくれるかどうかもわからんさ」

遠藤が尋ねた。

「もし、岩淵真が応援にいらっしゃるとしたら、街頭演説はいつになりますか?」

「早いほうがいいだろう」

中沢が言う。「そして、人が集まる場所がいい。また駅前でやる予定はいつだったたっけ?」

それにこたえたのは、北浦だった。

「明日の夕方です。勤め帰りの人を狙います」

中沢が遠藤に言った。

「そこで登場するのが効果的だろうね。ただし、歌はなしだ」

それに対して坂本法相が言った。

「歌ってもらわなきゃ、大久保君が危険なんだよ」

「だから、それまでに警察に何とかしてもらわないと……」

そのやり取りを聞いて、安永所長が言った。

「岩淵真に歌わせたら、Jは選挙違反。歌わせなかったら、大久保が危ない……。犯人もえげつないわね」

徳田班長が、高丸と縞長に尋ねた。

「要注意人物が何人かいたはずだ。現在のその者たちの所在は?」

高丸は選挙事務所内を見回した。

北浦の姿はある。木田も事務所内にいた。

「松下の姿がありません」

その高丸の言葉を受けて、縞長が言った。

「そう言えば、今日は松下さんの姿を見ていませんね」

「確認します」

高丸はそう言って北浦に近づいた。縞長がついてきた。

「あの……。松下さんはどこにいるんでしょう？」

「松下さん……？　ああ、今日はポスター貼りの予定ね」

「ポスター貼り……」

「商店の出入り口とか、家の塀や壁に選挙ポスターを貼らせてもらうの。一軒一軒回って頼み込んで許可をもらうたいへんな役割よ」

「一人で回っているんですか？」

「そうね。手分けしているはずよ。松下さんが、どうかしたの？」

「いえ……」

縞長が言った。「姿が見えないので、どうしたのかと思っただけです」

高丸と縞長は、徳田班長のもとに戻り、報告した。すると、徳田班長は言った。

「所在確認の必要があるかもしれない」

「でも……」

高丸は言った。「Jのもとを離れないほうが……」

「俺が代わってここにいる」

すると、安永所長が言った。「私もいるわ」

高丸はうなずいた。

「機捜235で出ます」

縞長が言った。

「手分けしていると、北浦さんが言ってましたね。ポスター係の人に、松下さんの受け持ち区域を訊いてみましょう」

そのとき、北浦が言った。

「SNSにまた書き込みです」

坂本法相が尋ねる。

「何と言っている?」

「岩淵真の歌はまだか? 楽しみにしているのだが、と……」

高丸と縞長は顔を見合わせた。

19

「とにかく、岩淵に電話をしてみよう」

坂本法相が電話を取り出した。

彼が電話をしている間、高丸と縞長は、ポスター貼りの担当者に話を聞いていた。

「松下さんの受け持ち区域ですか?」

若い男性ボランティアだった。「元町のほうに行っていると思います」

縞長が言った。

「行ってみましょう」

高丸と縞長が出入り口に向かおうとすると、坂本法相の声が聞こえてきた。

「岩淵と連絡が取れた。喜んで応援に来てくれるということだ。明日の午後五時ならだいじょうぶだと言っている」

それに応じたのは中沢だった。

「じゃあ、それで決まりだ」

遠藤が中沢に尋ねた。

「歌はやはり、なしですか?」

「当然だ。選挙違反で捕まるわけにはいかない」

それに対して、坂本法相が言った。

「それじゃ、大久保君が危険だと言ってるだろう」

中沢が坂本法相に言った。

「だったら、それまでに犯人を捕まえればいいんだ。ここは譲れない。選挙戦は遊びじゃない」

「そんなことは百も承知だ。だが、人の命がかかっているんだ」

縞長が高丸に、そっと言った。

「行きましょう」

二人は事務所を出て、機捜２３５に乗り込んだ。

高丸が車を出すと、縞長が無線のマイクを取った。

「川越捜査本部。こちらは機捜２３５」

「機捜２３５。川越捜査本部です。どうぞ」

「参考人の所在確認のために、元町方面に向かいます」

「川越、了解」

「機捜２３５。こちらは、警視９３２」

大月の声だ。縞長が応じた。

「警視９３２。こちらは、機捜２３５です。感度あります。どうぞ」

「警視９３２は、元町方面に同行します」

「了解しました。応援、助かります」

縞長がマイクをフックに戻すと、高丸は縞長に言った。

「松下、怪しいと思いますか？」

「いやあ、そうは思いませんが、いちおうチェックしておかないと……」

「そうですね」

ルームミラーを見ると、後方に警視９３２が見えた。二台の覆面車は、川越栗橋《くりはし》線と呼ばれる道を進んでいる。

「あ、あそこにいるの、松下さんたちじゃないですか？」

見ると、スカイブルーのTシャツを着た二人組が見えた。丸めたポスターを抱えている。

「なるほど、あのTシャツは目立ちますね」

高丸が、車を路肩に寄せて停めると、そのすぐ後に警視932も停車した。

車を降りて、歩道を歩いている松下たちに声をかけた。

「ポスター貼り、どうですか？」

松下は驚いた様子で高丸たちを見た。

「え……？」

大月と東原も車を降りてきたので、松下たちはますます驚いた顔になる。

「警察の人ですよね？　どうかしたんですか？」

縞長がこたえた。

「いえ……。巡回していたら、このTシャツが見えたんで……」

「ああ。あなたたちも、キャンペーンカラーのブレザーを着てますね。選挙スタッフかと思いました よ」

「ポスターは貼れましたか？」

松下が顔をしかめる。

「なかなかうまくいきませんね。ほとんどの家で断られます。まあ、塀とか家の壁に選挙ポスター貼られるのは、誰だって嫌ですよね」

松下といっしょにいる三十代半ばの男性が言った。

「断られようが、追っ払われようが、頭を下げて頼むのが選挙です」

縞長がうなずいた。

「たいへんですね。まだ、回る予定ですか？」

すると、松下が言った。

「いやあ、ぼちぼち事務所に戻ろうかと思っていたところです」

「よかったら、車に乗っていきませんか？」

「それは助かります」

松下とその相棒を後部座席に乗せると、高丸は大月に近づいて言った。

「すぐに見つかったよ。応援の必要もなかったな」

「選挙用のＴシャツのおかげだな。俺たちも選挙事務所に戻る」

「わかった」

高丸は、機捜２３５の運転席に乗り込むと、松下に尋ねた。

「どこか寄りたいところはありますか？」

「いいえ。ありません」

エンジンをかけて、車を出した。

助手席の縞長が、松下に尋ねた。

「今日は、何時頃に事務所を出られたのですか？」

「八時です」

「選挙カーが出発する時間ですね？」

「ええ、そうです」

「それからずっと家や商店を回られていたんですか?」

「はい。それで、貼れたポスターは三枚だけですよ」

「それはたいへんですねえ」

「でも、坂本法相を応援してくれる人もいて、頑張ってくださいなんて言われると、とたんに気分が上がりますね」

「八時に事務所を出られたということは、大久保さんのことはご存じないんですね?」

「大久保さんがどうかしましたか?」

「誘拐されたようなんですが……」

「誘拐……」

高丸は、ルームミラーでちらちらと松下たちの様子をうかがっていた。誘拐と聞くと、二人は心底驚いた様子で顔を見合わせた。

縞長が言った。

「電話で秘書を預かったという連絡があり、その後はSNSに書き込みが……。何か、大久保さんのことで、心当たりはありませんか?」

「心当たり……?」

「何か様子が変だったとか……」

「会ったばかりなので、様子が変とかわからないし……」

松下が声を落とした。「ひょっとして、俺のこと、疑ってます?」

「いいえ」

縞長はこたえた。「疑ってなどいません。みなさんに同じようなことを訊いてるんですよ」

「昨夜は彼女、十時半頃まで事務所にいましたね。その後、ホテルに引きあげたと思いますが……」

「今朝、そのホテルを出てから、行方《ゆくえ》がわからなくなってましてね……」

「坂本法相はたしか、殺害予告を受けているんですよね。大久保さんが誘拐されたのは、そのことと関係があるんですか？」

「それなんですよ」

縞長が言う。「だとしたら、坂本法相の命も、大久保さんの命も危険だということになりますよねえ……」

「まさかそんな……」

松下はそうつぶやいたきり、口を閉ざした。

やがて、選挙事務所に到着し、彼らはポスターを持って車を降りた。その後ろ姿を見つめていた縞長が言った。

「岩淵真のこととか、どうなったか気になりますね。私らも事務所に行ってみますか？」

「そうしましょう」

選挙事務所に戻ったのは午後一時頃のことだった。

「あ、高丸にシマさん」

安永所長が声をかけてきた。その隣には、徳田班長がいる。「お昼まででしょう？　これ、いただいていいみたいよ」

テーブルの上にサンドイッチが並んでいた。選挙スタッフのためのものだ。

高丸は腹が減っていたので、遠慮なくいただくことにした。縞長と二人でサンドイッチに手を伸ばす。

「それで……」

高丸は尋ねた。「岩淵真の件はどうなりました?」

こたえたのは徳田班長だった。

「明日の五時、駅前で街頭演説するときに、応援に来てもらう。歌うかどうかは、まだわからない。SNSにレスをつける形で、岩淵真の応援を予告することになっている」

「レス……?」

「こちらから犯人に連絡をするには、それが一番確実だ」

「たしかに、ダイレクトメッセージを送るよりもレスを付けたほうが確実ですね」

そのとき、遠藤が電話を受けて言った。

「川越署の捜査本部からです。大久保さんの姿が映っている防犯ビデオの映像が見つかったそうです」

最初に反応したのは、安永所長だった。

「どんな様子だったの?」

「一人で歩いている映像です。ホテルを出て選挙事務所に向かっているところでしょう。誘拐される前ということですね?」

「何か犯人の手がかりは？」

「ありません。今、範囲を広げて、さらに防犯カメラの映像を収集しているところです」

坂本法相が言った。

「何とか手がかりは見つからないものか……」

遠藤がそれにこたえた。

「携帯電話の位置情報を探っています。じきに位置がはっきりすると思います。それから……」

遠藤は、縞長のほうを見て言った。「葛木係長が、もし手が空いていたら捜査本部に来てくれと言っています」

「え……？」

縞長が目を丸くする。「私に、ですか？　あの……、私、何かやらかしましたか？」

「先ほどの電話の件で、話がしたいということです」

「先ほどの電話……」

ＳＮＳの殺害予告犯と、大久保の誘拐犯は別人かもしれないという電話のことだろう。

安永所長が言った。

「すぐに行って」

「はい」

縞長が高丸の顔を見た。高丸はうなずき、出入り口に向かった。

機捜２３５で川越署に向かう。

縞長が言った。

「葛木係長は、どうして話をしたいなんて言い出したのでしょう?」

「さあね」

高丸はこたえた。「本人に訊くしかないでしょう」

葛木係長は、捜査本部の幹部席にいた。

普通、係長は予備班席などでデスク待遇だが、今回は特殊犯係が捜査の主導権を握っているので、彼も幹部席にいるのだ。

葛木係長のもとに行き、縞長が言った。

「お呼びでしょうか」

「ああ、来てくれたのか。さっきの電話が、だんだん気になりだしてな……」

「殺害予告犯と誘拐犯が別だという話ですね?」

「そうだ。まず、そう考えた根拠を話してほしい」

「誘拐犯の目的がよくわからないんです」

「Jを殺害するために、大久保を利用しようということではないのか?」

「もし、そうだったら、そのような要求をするはずです。つまり、人質交換とか……」

「大久保とJの身柄を交換するという要求だな?」

「はい。しかし、誘拐犯はそのような要求をしていません。Jに選挙違反をさせようとしているようなのですが、その方法が、Jと親しい歌手に応援で歌を歌わせることなんです」

「それは聞いている」

「それを実行しないと、大久保さんに危害を加えると言っているようですが、どうしても、本気でJを殺害しようとしているとは思えないんです」

「では、いったい、どういうことなんだろうな……」

「それはわかりません」

葛木係長がしばらく考えてから言った。

「シマさんの言っていることに、信憑性《しんぴょうせい》があるような気がしてきた。だが、我々はあくまで最悪の事態を想定しなくてはならない」

「Jの殺害ですね？」

「そうだ。今後の展開によっては、総警本部から、大量に警護の人員がやってくるかもしれない」

「それ、殺害の抑止効果はあるでしょうね」

「しかし、選挙運動の妨害になりかねない」

「たしかに、そうですね……」

「我々としては、今の態勢で事件を解決したい」

「はい……」

そのとき、捜査員の一人が電話を受けて報告した。

「新たな防犯カメラのデータが入手できたそうです」

葛木係長が指示した。

「すぐに解析しろ」

縞長が言った。

「では、私らはこれで……」

葛木係長が言った。

「新たな防犯カメラの映像から、何かわかるかもしれない。大久保の電話の位置情報も確認している。手がかりになりそうなものが見つかったら、すぐに飛んで行ってもらうから、ここで待機していてくれ」

「わかりました」

縞長と高丸は、幹部席を離れて、捜査員席に腰を下ろした。

縞長がそっと言った。

「私、やっぱり捜査本部にいると落ち着きません」

「もう誰も、シマさんのことをいじめたりはしませんよ」

そのとき、鑑識服を着た捜査員が葛木係長に報告した。ちなみに鑑識服は、正式には現場鑑識活動服という。

「被害者の携帯電話ですが、川越市内にありますね」

高丸と縞長は立ち上がり、葛木係長の席に近づいた。

鑑識服の捜査員はパソコンを机に置き、ディスプレイの地図を指さした。

「喜多町のあたりだと思われます」

高丸は言った。

「機捜235で急行します」

すると、葛木係長が言った。

「ちょっと待て。ビデオ解析で何かわかるかもしれない。出かけるのはそれからにしてくれ」

高丸と縞長は、再び捜査員席で待機した。

約十分後、また別の捜査員が葛木係長のもとにやってきて告げた。

「被害者が車に乗り込むところを見つけました」

彼は先ほどの鑑識服の捜査員同様に、パソコンを開いて葛木係長に見せた。その画像を見ると、パソコンのディスプレイを高丸たちのほうに向けて言った。

「間違いなく大久保か？　確認してくれ」

高丸と縞長はディスプレイを覗き込んだ。静止画像だった。

高丸は言った。

縞長が言う。

「間違いありません。大久保です」

「いっしょにいる男は、選挙キャンペーン用のＴシャツを着てますね」

大久保が車の助手席に乗り込むところの画像だ。車は黒っぽいハッチバックで、その男は運転席側にいる。

体の大半が隠れて見えないが、たしかに坂本法相陣営のスカイブルーのＴシャツを着ているようだ。

葛木係長が言った。

「人相は見て取れないな」

男は下を向いているので、顔がよく見えない。

縞長が言った。

「他に男が映っている箇所はありませんか?」

パソコンを持ってきた捜査員が言った。

「残念ながら、これだけです」

高丸は言った。

「これじゃ、さすがのシマさんもお手上げですね」

縞長は、じっと画面を見つめて言った。

「せめて、見て取れる特徴を覚えておきましょう」

葛木係長が捜査員に尋ねた。

「この画像の場所は特定できているのか?」

「カメラの位置から考えて、元町一丁目のあたりだと思います。車は本町通りに駐まっていますね」

縞長が言った。

「元町っていうと、大久保さんが泊まったホテルのそばですね」

葛木係長が縞長に言った。

「行ってくれ。捜査本部からも何人か送ろう。何か手がかりがないか探してくれ」

「はい」

高丸と縞長は、機捜235に急いだ。車に乗り込むと、縞長が言った。

「大久保さんの携帯の位置情報が、喜多町のあたり。そして、車に乗り込むところが映っていたのが、元町のあたり……。その辺を隈《くま》なく回りましょう」

「了解です」

高丸は車を出して、まず元町に向かった。外の景色を見ながら、「このあたりですね」と縞長が言ったので、高丸は車を停めた。

縞長が無線で知らせた。

「川越捜査本部。こちらは、機捜235。元町に現着しました」

「機捜235。川越、了解」

車を降りて歩道に立ち、周囲を見回した。電柱に防犯カメラがあった。

高丸は指さして言った。

「あの防犯カメラの映像ですね」

縞長がこたえた。

「ちょうど、あの車が駐まっていたところに、機捜235が駐まってますね」

「周辺で目撃情報を探しましょう」

そのとき、無線が鳴っているのに気づいた。縞長が慌てて助手席に戻り、応答した。

「はい、こちら機捜235。どうぞ」

「機捜235。こちら、川越3だ。もうじき元町に着く」

「了解。こちらは本町通りにいます」

「待っててくれ」

助手席から出てくると、縞長が言った。

「西松さんです。応援に来てくれるようです」

ほどなく、見慣れた覆面車、川越3がやってきて、機捜235の後ろに停車した。

20

川越3から降りてくると、西松が言った。

「こっちは四人いる。二人ずつ、三班作ろう。高丸、あんた仕切ってくれ」

「え？　自分がですか？」

「これは、警視庁主導の事案だし、あんた、ペア長だろう？」

「わかりました」

高丸は言った。「目撃情報を当たろうと思います。自分らとそちらの一班が、元町を当たりましょう。残る一班は、被害者の携帯の位置情報が示している喜多町を調べてください」

「わかった」

西松が言った。「俺が喜多町に行こう。もしかしたら、車が見つかるかもしれない」

「そうですね。可能性はあります」

「選挙事務所が喜多町にあるから、ついでにちょっと顔を出してこよう」

西松のペアは、再び川越3に乗って出発した。

高丸は、残った二人に言った。

「目撃情報を当たってください。どんな些細なことでもいいです」

「了解しました」

高丸とそれほど年齢が違わない二人は、その場から駆け足で去っていった。

高丸と縞長は、聞き込みを開始した。通りに面している表具店に入り、六十歳くらいのいかにも職人というタイプの店員に、縞長が言った。

「あのう。ちょっと、お話を聞かせてもらっていいですか？」

「何だい？」

店員が言った。「あんたら、坂本玄の陣営だな？　俺はね、対抗馬を応援してるんだ」

「あ、こんな服装していますが、実は警視庁の者でして……」

高丸と縞長は、警察手帳を出した。

「警視庁……？　警察が何の用だね？」

「今朝のことなんですが、この前の道に、黒っぽいハッチバックが駐まっているのに、お気づきではなかったですか？」

「黒っぽいハッチバック……？　さあな、気づかなかったな」

「私らと同じような恰好をした女性が歩いていたのは……？」

「同じような恰好って、坂本玄の選挙用の服ってこと？」

「ええ、そうです」

「選挙期間中だから、通ったかもしれないが、気づかなかったな」

「今朝、何か変わったことはありませんでしたか？」

「変わったこと……?」

「ええ。人が争っている声が聞こえたとか……」

「朝から、選挙カーの音でうるさくてね。そんなの気づかないよ」

「そうですか?」

縞長が高丸の顔を見た。高丸はかぶりを振ってみせた。質問はないという意味だ。

縞長が礼を言い、二人は表具店を出た。

同じように、隣の飲食店、さらには、その隣の和菓子屋で聞き込みをした。飲食店は、高丸たちの服装には無関心で、和菓子屋は「坂本玄を応援している」と言った。

いずれも、大久保及び彼女が乗り込んだ車に関する情報はない。

歩道を歩きながら、高丸は言った。

「捜査本部が、もう少し人を出してくれればいいのに……」

「警備・警護のほうに人を割かれているんでしょう。なにせ、法務大臣が来ているんですから……」

その後も、商店や民家に飛び込んで聞き込みをしたが、手がかりは得られない。

高丸の電話が振動した。葛木係長からだった。

「無線に応答がないので、電話をした」

「すみません。徒歩で聞き込みに回っています」

「大久保の電話の詳しい位置がわかったので、地図を送った。川越3にも送っている」

「了解しました」

電話が切れると、高丸は、電話に送られてきていた地図アプリのデータを呼び出した。そして、縞長に言った。

「大久保の電話の詳しい位置がわかったようです」

縞長は高丸の電話を覗き込んで言った。

「やっぱり、喜多町ですね。ホテルから事務所に向かう途中のようです」

「ここに大久保がいるということですよね」

「どうでしょう。それは、西松さんたちに任せましょう。私たちは、目撃情報を探さないと……」

「そうですね」

さらに、商店、飲食店、民家を当たった。聞き込みというのは、ダメ元だ。何か手がかりがあればめっけもので、大半は空振りなのだ。

それはわかっているが、次第に無力感が募ってくる。

縞長が言った。

「あそこのコンビニで、何か飲み物を買いませんか？」

高丸はうなずいた。

「いいですね」

大きなコンビニだった。レジが三つ並んでいる。

高丸と縞長は缶コーヒーを手に取り、レジに向かった。

浅黒い肌をした外国人の従業員が、しげしげと高丸と縞長が着ているブルーのブレザーを見た。

高丸は尋ねた。

「このブレザーがどうかしましたか？」

従業員が言った。

「同じ色の服を着た人、落書き、よくない」

「え……？」

高丸は聞き返した。「同じ色の服を着た人が、どこかに落書きをしたというのですか？」

「そう」

「それは、女性ですか、男性ですか？」

「女の人です」

「どこに落書きをしたんですか？」

「レストルーム」

トイレだ。

「行ってみていいですか？」

従業員はかぶりを振った。

「もう、消しました。きれいにしない、店長に叱られる」

同じ色の服を着た女性ならば、大久保である可能性が大いにある。もし、大久保なら、トイレに何を書きのこしたのだろう。

「何が書いてあったか、覚えてませんか？」

「写真、撮ってあります。一一〇番と書いてあったから……」

「一一〇番……」

従業員はスマートフォンを取り出し、写真を提示した。ピンクの太い線で文字が書いてあった。

「大久保　秘書　一一〇番」

高丸は、その画像を自分のスマートフォンで写真に収めた。

その画像を見た縞長が言った。

「警察に連絡するように、というメッセージでしょうね」

「すぐに、捜査本部に連絡しましょう」

高丸は、従業員に礼を言って、縞長と共に機捜235に戻った。

縞長が無線のマイクを取り、連絡した。

「川越捜査本部。こちらは機捜235」

「機捜235。川越です。どうぞ」

「被害者によるものと思われるメッセージらしきものを発見しました。元町のコンビニのトイレに、口紅のようなもので書かれていました」

「機捜235。川越、了解。画像を送れますか？」

「今から送ります」

高丸は、携帯電話から捜査本部のパソコン宛てに写真を送った。

「了解。なお、機捜235は、捜査本部に帰投してください」

「川越捜査本部。機捜235、了解しました」

高丸は言った。

「川越署の二人にも、引きあげるように言いましょう」

「二人は受令機を持っているはずだから、今の無線を聞いていたかもしれませんね。でも、念のために、無線で指示しましょう」

縞長は再びマイクを取り、二人の川越署員に、捜査本部に戻るように指示した。

高丸は機捜235を出し、川越署に向かった。到着したのは、午後四時過ぎのことだ。捜査本部に戻ると、すぐに葛木係長のもとに行った。

葛木係長の前にパソコンが置かれ、ディスプレイに、高丸が送った写真が映し出されている。

葛木係長が、高丸に言った。

「コンビニのトイレにこれが残っていたんだな?」

「そうらしいです。我々が訪れたときはすでに消されていましたが、従業員が写真に撮ってくれていました」

「一一〇番と書いてあるのが、ひっかかったのだろうな。これがメッセージだとしたら、何を知らせようとしたのだろう」

高丸は言った。

「まず、自分の名前を書くことで、無事だということを知らせたかったのでしょう」

それを受けて、縞長が言う。

「大久保さんからのメッセージということは、大きな手がかりのはずです。そのことも知らせたかったのだと思います」

葛木係長が言った。

「一一〇番というのは、警察に通報してくれという意味だろう。では、秘書というのは何だ？」

「何でしょう……」

高丸は言った。「自分が秘書になりすましているわけですが……」

縞長が言った。

「たぶん、緊迫した状況で、このメッセージを残したんだと思います。車に監禁されていたので、一人になれるのはトイレしかなかったのでしょう。口紅を持っていたので、咄嗟にそれで壁に書いた……。ですから、きっと重要なことなんだと思います」

葛木係長が言った。

「誘拐犯が秘書だとでも言うのだろうか……。しかし、中沢も北浦も、誘拐当時は選挙事務所にいたはずだ」

「そうですね……」

「しかも、警視庁の特捜本部が、秘書についてはちゃんと洗っている。怪しいところはなかったはずだ」

「でも、それって、亡くなった深田刑事との関係を洗っただけでしょう？」

「いや、それだけじゃないはずだ。何か臭《にお》えば追及したはずだ。つまり、中沢も北浦も怪しい点はなかったということだ」

高丸は言った。

「もう一度、洗い直してみてはどうでしょう？」

「いちおう管理官に進言してみるが、たぶんその必要はないと言われるだろうな」

「大久保の携帯はどうなりました？　西松さんたちから、何か知らせは……？」

「まだない。今、人数を増やして捜索中だ」

縞長が思案顔で言った。

「大久保さんは、それほど強く拘束されていたわけではないようですね」

葛木係長が聞き返した。

「どういうことだ？」

「完全に支配下に置いていたら、コンビニのトイレにも行かせないんじゃないでしょうか」

「用を足したいと言えば、考えるだろう」

「トイレでも監視したはずです。個室から出た後、室内をチェックするとか……」

「監視が緩かったということか？」

「そう考えられると思います。実際に、大久保さんはトイレにメッセージを残せたのですから」

「それは何を意味しているんだ？」

「いくつかのことが考えられると思います。まず、第一に、大久保さんが女性なので、油断したということです。あるいは、気を許したのかもしれません。大久保さんには、特別な能力があるんです」

「そのようだな」

「犯人がまったくの素人《しろうと》で、どうしていいかわからなかったという可能性もあります」

葛木係長はしばらく考えてから言った。

「とにかく、今手中にあるのは、大久保、秘書、一一〇番という三つの単語だけだ。我々はこの手がかりから、できる限りのことを探り出さなければならない。俺はこれから、特捜本部の管理官に電話して、さっき高丸が言ったことを進言してみる」

「秘書たちの洗い直しですね」

葛木はうなずくと、警電の受話器に手を伸ばした。


午後五時を回った頃、西松から連絡があった。

喜多町の歩道脇から、ポーチが発見された。その中に携帯電話が入っていたらしい。その携帯電話が大久保のものと判明した。

高丸は縞長に言った。

「携帯入りのポーチを、車から捨てられたということですね」

「捨てられた場所は、選挙事務所のそばらしいですね」

「それ、何か意味があるんでしょうか」

「これは想像ですが……」

「ええ」

「大久保さんは、ホテルから出て歩いているところで、誰かに声をかけられたんです。そして、大久保さんはその人物に言われるままに車に乗った……」

「そういえば、争ったりしている目撃情報はまったくありませんでしたね」

「抵抗せずに車に乗ったのでしょう。防犯カメラの画像もそんな感じでした」

「刃物か何かで脅されていたんでしょうか？」

「大久保さんは、逮捕術の名手ですよ。脅されてまんまと誘拐されるなんて、考えられません」

「じゃあ、どうして誘拐されたんでしょう?」

「警戒心を抱かないような相手だったんじゃないでしょうか。つまり、顔見知りです」

「顔見知り……」

「ええ。知っている人に、選挙事務所まで送ろうと言われたら、警戒せずに車に乗ってしまうでしょう。……で、実際に車は選挙事務所の近くまで来たのでしょう」

「そこで、大久保から携帯が入ったポーチを奪って捨てた……」

縞長が、先ほどの映像解析担当の捜査員を見つけて言った。

「もう一度、防犯カメラの画像を見せてください」

「ああ、いいよ」

彼はすぐにパソコンを操作して、画像を表示した。

「この動画を見られませんか?」

「ちょっと待ってくれ」

捜査員は、静止画像を消し、動画を再生した。

「この場面だな」

縞長は、じっと画面を見つめて言う。

「何度かリピートしてもらえますか?」

捜査員は、言われるとおりにした。

高丸は尋ねた。

「もしかして、木田か松下ですか？」

縞長はかぶりを振った。

「木田でも松下でもありませんね。でも、選挙事務所で見たことがあります」

「スタッフやボランティアの中で、朝から姿が見えない人を探せば……」

高丸と縞長は、葛木係長のもとに行き、それを告げた。

葛木係長は言った。

「見たことがあるって？　あの画像じゃ人相はわからないだろう」

縞長がこたえた。

「静止画像ではわかりませんが、動画で見ると、特徴がわかるんです」

「では、すぐに選挙事務所に行ってくれ。遠藤に連絡しておく」

葛木係長が警電の受話器に手を伸ばすのを見て、高丸と縞長は機捜235に急いだ。


選挙事務所に着いたのは、午後六時過ぎだった。

坂本法相や北浦の姿はない。選挙カーで出かけているのだろう。何人かのスタッフも出かけているようだ。

高丸は縞長に言った。

「動画の人物がどの人かわかりますか？」

縞長がかぶりを振った。

「さすがに、あの動画だけじゃ……。それに犯人は今、大久保さんといっしょに車の中でしょう。

ここにはいないはずです」

遠藤が近づいてきた。

「係長から話は聞きました。今朝から姿が見えないスタッフやボランティアを、今、リストアップしているところです」

「そうですか」

「トイレにメッセージを残していたんですって？」

高丸は声を落として言った。

「その中に、秘書という言葉があったんです」

「秘書……」

「ええ。大久保が何を伝えたかったのか、まだわかりませんが……」

縞長はしきりに事務所内を見回している。犯人はここにはいないはずだと言いながら、何かを見つけようとしているのだ。

高丸は、そんな縞長に期待していた。

21

高丸は近くにいるスタッフに尋ねた。

「坂本法相は、いつごろ戻る予定でしょう？」

「午後八時ぎりぎりまで街頭演説をやるでしょう」

安永所長や徳田班長の姿がない。警視932も、事務所の近くには見当たらなかった。選挙カーに同行しているのだろうと、高丸は思った。

午後六時半頃、西松がやってきた。

高丸は尋ねた。

「携帯電話は、道端に投棄されていたんですね？」

「ああ。回収して、今捜査本部で解析している。何か手がかりがあるかもしれない」

縞長が西松に訊いた。

「何か我々に知らせたいことでも……？」

「葛木係長からの指示だ。明日には、岩淵真が選挙応援にやってくる。お嬢の健康状態も心配だ。時間が限られているから、すぐに直当たりできるように、怪しいやつをリストアップしておけということだ」

縞長が聞き返した。

「直当たりですか……」

「場合によっては、捜査本部に引っぱってもいいと、係長は言っていた」

「何か話を聞き出す材料がないと、何もしゃべってはくれませんよ」

「そんなことは、百も承知だ。俺も葛木係長もな。けどな、葛木係長が言うとおり、残された時間は少ない。強硬手段も止《や》むなしだ」

高丸は言った。

「事務所の中じゃ話しづらいので、機捜235の車内で話をしましょう」

「おう」

西松が応じた。「特殊班の遠藤はどこにいる?」

「外から戻ってから見かけていません。たぶん、前線本部の車の中じゃないでしょうか」

「彼にも打ち合わせに加わってもらおう」

縞長と西松が機捜235に向かい、高丸は前線本部のマイクロバスを訪ねた。そこにいた遠藤に事情を話し、彼を車に連れていった。

いつものように、高丸が運転席、縞長が助手席だった。後部座席に西松と遠藤だ。

遠藤が言った。

「被疑者のリストアップだって?」

西松が言った。

「被疑者じゃない。参考人だ」

「直当たりするって、係長が言ったのか?」

「場合によっては、だ」

「それで、その参考人というのは、誰のことだ」

西松が高丸を見た。高丸は言った。

「まず一人目は、木田繁治です。元警察官で……」

先輩刑事である深田正人が殺害された経緯を改めて説明した。

遠藤が言った。

「怨むとしたら、違法捜査という判断をして被疑者を無罪にした裁判官だろう」

「裁判官や検察といった司法制度の大本は法務大臣ですよ」

縞長が言った。「実際に彼は、Ｊに対する抗議デモに参加しています。その木田が、Ｊの選挙事務所にやってきたというのが気になります」

遠藤が言った。

「次は？」

高丸はこたえた。

「松下由紀彦。難民受け容《い》れなど、外国人を支援するボランティアをやっているようです」

「それがなぜ怪しいと……？」

「入管法の絡みです。スリランカ人女性が入管施設で死亡したことは記憶に新しいですよね。外国人支援をしている松下は、入管問題で法相を批判的に見ている可能性があります」

「こじつけじゃないのか？」

「そうは思わんね」

遠藤の言葉に、西松が応じた。「怨みや批判というのは、こじれたりエスカレートしたりするもんだ」

「なるほど……」

遠藤がうなずくと、縞長が言った。

「ただし、大久保さんの誘拐に関して言えば、松下さんにはアリバイがあります」

遠藤が聞き返す。

「そうなのか?」

「はい。松下さんは他のスタッフといっしょに、朝八時からポスター貼りに出かけていました」

「ずっとそのスタッフがいっしょだったということか?」

「そのようです」

「木田のアリバイは?」

「そちらははっきりしません。調べる必要があると思います」

「大久保が書き残した『秘書』という言葉はどうなんだ? 犯人が秘書だということじゃないのか?」

「東京の特捜本部で二人の秘書を洗いましたが、怪しい点はなかったそうです。それに、二人にはアリバイがあります。選挙事務所にいましたから……」

遠藤が縞長に言う。

「誰かにやらせたということも考えられるだろう」

「ええと……」

縞長が逡巡しながら言う。「たしかに、北浦さんとJの関係を怪しむ声はあるのですが……」

「男女関係のもつれは、充分に犯行の動機になり得るぞ」

「ええ、もしかしたら、殺害予告の動機にはなり得るかもしれません」

「殺害予告をした犯人が、大久保を誘拐したんだろう?」

「それなんですがね……。私は、犯人が別なんじゃないかと思っているんです」

「犯人が別?」

遠藤が聞き返した。「殺害予告の犯人と、大久保を誘拐した犯人は別だというのか?」

「ええ、そんな気がします」

遠藤が思案顔になる。

「それは、実行犯が別ということだろうか? 殺害予告をした犯人が、その予告を実行するために大久保を誘拐した……。そうじゃないのか?」

高丸は言った。

「殺害予告犯が本気だとはとても思えない。縞長はそう言っています」

「本気だとは思えない……?」

「ええ」

縞長が言った。「だって、誘拐事件なんて起こしたら、殺害を実行しにくくなるじゃないですか。本気でやるんなら、誰にも気づかれないように、Jに近づくことを考えるでしょう。選挙運動期間は、そういう機会がいくらでもあるはずです」

「シマさんの言うとおりだと思うぜ」

西松が言った。「お嬢のことを、秘書だと思って誘拐したんだろう? せっかく誘拐しておいて、要求が歌手の応援か?」

「しかし……」

遠藤が言った。「もし一曲でも持ち歌を歌ったら、選挙違反の恐れがあるんだろう。候補者にとって選挙違反ってのは死活問題だ」

「でも……」

縞長が言う。「殺害とは程遠いような気がするんです」

高丸は付け加えた。

「この話は、葛木係長にもしました。考慮されるそうです」

遠藤はしばらく考えた後に言った。

「我々特殊班は、殺害予告と誘拐を切り離しては考えられない。だから、今のままの捜査方針を維持するが……」

誘拐などを専門とする特殊班としては当然だろうなと、高丸は思った。

「ただし……」

遠藤は言った。「縞長さんの言うことにも一理あると思う。だから、そっちは犯人が別だという可能性を視野に入れて動いてくれ」

縞長がうなずいた。

「はい」

「ところで……」

西松が言った。「もし、直当たりするとしたら、優先順位は?」

遠藤がこたえた。

「木田、松下、北浦、中沢。この順だろう」

西松が縞長と高丸を見てからうなずいた。

「いいだろう」

遠藤が言った。

「俺は選挙事務所に詰める」

西松が言う。

「俺も、しばらく選挙事務所で様子を見ていようか……」

高丸は言った。

「我々は、ここで待機しています」

遠藤と西松が車を降りて選挙事務所に向かった。

二人きりになると、高丸は言った。

「大久保を連れ去った犯人のこと、何かわかりませんか？」

縞長はかぶりを振った。

「残念ながら……」

「やはり、木田たちに直当たりするしかないんでしょうか？」

縞長はどこか悲しそうに言った。

「直接話を聞いても、たぶん何も話してくれないでしょうね。証言を引き出すためにぶつけてやる材料が必要です」

「厳しく追及すれば何とかなるんじゃないですか」

「それ、やっちゃいけないやつですよ。警察は長いこと自白偏重主義と言われてました。つまり、自白さえ取ってしまえば送検・起訴ができると……。本来は、合理的に被疑者の犯行を立証しなければならないんです」

「そりゃもちろん、わかってますけど……」

それからしばらく、二人は無言だった。それぞれの考えに耽《ふけ》っていたのだ。

やがて、午前八時を過ぎ、選挙カーが戻ってきた。それに機捜車が続いている。機捜231だ。

ハンドルを握っているのは徳田班長だ。助手席には安永所長の姿があった。

縞長が言った。

「みんな戻ってきたようですね」

高丸はこたえた。

「午後八時で、音出しは禁止ですからね。あ、さっそくお客さんのようです」

「地元の後援者や有力者たちが挨拶や激励に来るんですね」

そこまで言った縞長がふと押し黙った。

「どうしました……？」

「もしかしたら……」

「何です？」

「手がかりが見つかるかもしれません」

縞長は助手席のドアを開けて、車を降り、選挙事務所に向かった。

「え？　あ、ちょっと待って……」

高丸は、慌てて縞長のあとを追った。「いったい、どうしたんです」

「挨拶や激励に来る人を見て、思い出したことがあるんです」

縞長は、北浦を見つけて近づいた。高丸は訳がわからないまま、ただ縞長に従っていた。

「あの……、ちょっとうかがいたいんですが」

「何かしら？」

「選挙運動初日の午後八時過ぎにも、何人か挨拶や激励にいらっしゃいましたね？」

「ええ。これから毎日やってくるわよ」

「その人たちのカメラ映像か何かありませんかね？」

高丸は怪訝に思ってそのやり取りを聞いていた。

北浦がこたえた。

「ええと……。たしか、記録用に携帯で動画を撮っているはずだけど……」

「それ、見せていただけませんかね？」

「いいわよ」

北浦は、女性スタッフに声をかけた。彼女はスマートフォンを取り出して、縞長と高丸に動画を見せた。

しばらく、画面に見入っていた縞長が、突然言った。

「今のところ、もう一度再生してもらえますか？」

女性スタッフは言われたとおりにする。さらに、縞長が言う。

「あ、ここで止めてください」

そして、北浦に声をかけた。「この方はどなたですか？」

北浦はスマートフォンを覗き込んでこたえる。

「ああ、市議会議員の稲垣《いながき》孝一郎《こういちろう》さんね」

「市議会議員……？」

「ええ。町の実力者の一人よ」

「あ、そっちじゃなくて、こちらの方は?」

画面には二人の男性が映っていた。恰幅《かっぷく》のいい五十代の人物と若い男だ。縞長はその若いほうの男について尋ねた。

「彼は稲垣議員の鞄持《かばん》ち」

「鞄持ち?」

「稲垣さんの甥御《おいご》さんよ。稲垣さんのもとで勉強して、いずれは国政に打って出たいと言ってる」

高丸は縞長に尋ねた。

「この人がどうかしましたか?」

「防犯カメラに大久保さんと映っていた人です。いっしょに車に乗った……」

「え……?」

「どこで見かけたか思い出したんです。選挙戦初日の挨拶や激励に来た人たちの中にいたって……」

「それがこの市議会議員の甥なんですね?」

「え……」

北浦が言った。「それって、大久保さんを誘拐した人ってこと?」

縞長は直接的な表現を避けていた。捜査情報に関わることだからだ。それでも、北浦は気づいてしまったようだ。

北浦は大臣の秘書だけあって、頭の回転が速く勘もいいようだ。

縞長が言った。

「車にいっしょに乗ったことは事実です」

「本当に彼なの？」

縞長がきっぱりとうなずいた。

「間違いありません」

人着に関して、縞長が間違えるはずはないと、高丸は思った。

「彼の名は？」

高丸が尋ねると、北浦はこたえた。

「芳原直久《よしはらなおひさ》。年齢は二十六歳だったと思う」

「連絡先はわかりますか？」

「たしか、名刺があるはず。ねえ、でも彼が誘拐犯だなんて、あり得ないんだけど」

縞長が尋ねた。

「彼のことをよくご存じですか？」

「何度か勉強会というか、情報交換会をやったことがある」

「情報交換会？」

「ええ。秘書仲間なんかが集まって……」

「秘書仲間ですか？」

「ええ。和泉さんたちといっしょに……」

「和泉さん？」

高丸は尋ねた。「和泉奈緒子さんですか？　たしか、あなたを坂本法相の事務所に紹介した方ですよね？」

「そう。ベテラン政治家秘書の」

「あ……」

縞長が言った。「秘書がもう一人いたということですね」

「え……？」

高丸には、その言葉の意味がわからなかった。

縞長が言った。

「とにかく、葛木係長に連絡しましょう」

北浦が机の上のホルダーから芳原直久の名刺を抜き出し、縞長に手渡した。

いつしか、西松と遠藤が近寄ってきていた。遠藤が言った。

「何の騒ぎだ？」

縞長が選挙事務所の中を見回して言った。

「ここではナンですので、機捜235に戻りましょう」

「いや」

遠藤が言った。「前線本部に行こう」

四人の警察官は、駐車場のマイクロバスに向かった。

車の中は、思ったより簡素だった。海外のスパイドラマなどで見る指令車のように、モニターや計器などがずらりと並んでいるわけではなかった。

モニターは大小二つ。あとは無線機だけだ。

遠藤が縞長に尋ねた。

「説明してくれ」

縞長は、芳原直久について述べた。話を聞き終えると遠藤が言った。

「防犯カメラの映像の男に間違いないんだな？」

「はい」

西松が言った。

「お嬢を誘拐した犯人ってことだな」

高丸は言った。

「葛木係長に連絡します」

遠藤と西松が同時にうなずいた。

葛木はすぐに電話に出た。高丸は、事情をできるだけ簡潔に伝えた。

「わかった。手配する」

そのとき、縞長が「あ、それと……」と言ったので、高丸は葛木に電話を切るのを待つように言った。

縞長が言う。

「大久保さんの『秘書』と書き残したことについてなんですが……。北浦さんと中沢さんについては、特捜本部で洗ったようですが、関係する秘書がもう一人いました」

高丸は言った。

「和泉奈緒子ですね？」

縞長がうなずいたので、高丸はその旨を葛木係長に伝えた。

「和泉奈緒子……。その名前は覚えている。秘書の北浦を坂本法相の事務所に紹介した人物だったな」

「そうです」

「彼女も洗ったはずだが……」

「調べ直す必要があるかもしれません」

葛木係長の言葉に迷いはなかった。

「わかった。至急特捜本部に知らせる」

「お願いします」

「遠藤は近くにいるか？」

「はい」

「代わってくれ」

高丸は携帯電話を遠藤に手渡した。

葛木係長から指示を受けたようだ。電話を切って高丸に返すと、遠藤は言った。

「川越署の捜査本部で、芳原直久の手配をする。何かわかり次第連絡するので、待機してくれということだ」

「こうしちゃいられねえな」

西松が言った。「俺は署に戻る」

高丸は言った。

「では、自分らは機捜２３５で待機します」

「わかった」

遠藤が言った。「無線は署活系か？」

「川越署の署活系に合わせておきます」

「何かあったら、すぐに連絡する」

マイクロバスから降りると、西松は川越署に向かい、高丸と縞長は機捜２３５に向かった。

車のそばに安永所長と徳田班長がいた。高丸たちが選挙事務所を出て前線本部に向かったので、何事かとやってきたに違いない。

「どうなってんの？」

安永所長の言葉に、高丸は応じた。

「機捜２３５の中で説明します」

22

高丸と縞長の話を聞きおえると、安永所長が言った。

「その市議会議員の甥っ子か何かが、大久保を誘拐したってわけ？　なんで？」

縞長がこたえた。

「それは身柄確保して本人を取り調べしないとわかりません」

「理由がないじゃない。その甥っ子と大久保は何の関係もないでしょう?」

縞長が言う。

「それをつなぐのが、『秘書』という大久保さんのメッセージです。それは、もしかしたら和泉奈緒子のことではないかと……」

「それで、その政治家秘書のことを、特捜本部に調べ直させようというわけね?」

高丸は「はい」とこたえた。

「いずれにしろ……」

徳田班長が言った。「今は待機するしかない。俺たちも機捜231で待機する」

「了解しました」

高丸は機捜231も川越署の署活系の周波数に合わせていることを確認した。

葛木係長に連絡してから約一時間後の午後九時半頃、無線で呼び出しがあった。

「機捜235、ならびに警視932。こちら川越捜査本部」

縞長がマイクを取り、応答した。

「川越。こちら機捜235です。どうぞ」

「川越街道、三番町《さんばんちょう》交差点付近に、至急向かわれたし」

「川越。こちら機捜235。了解しました。向かいます」

大月の声が聞こえてきた。

「川越。こちら警視932。同じく、向かいます」

高丸はシフトをドライブに入れると言った。「出ます」

縞長が応じる。

「左、よし」

機捜235を発進させると、すぐに高丸の携帯電話が振動した。取り出して、縞長に渡した。

「葛木係長からです。すいません、出てください」

「わかった」

縞長は相槌《あいづち》だけを打って電話を切った。

「芳原直久は、黒いハッチバックを所有しているそうです」

縞長の言葉に対して、高丸は言った。

「大久保の誘拐に使われた車と同じですね」

「ナンバーが判明したので、Nシステムを使ったそうです」

「ヒットしましたか?」

「はい。川越市内を走行して、これから向から三番町交差点付近でロストしたそうです」

Nシステムは、路上に設置されたカメラでカー・ナンバーを読み取り、データベース化するシステムだ。

最後に三番町交差点付近のカメラにナンバーが記録されて、その後は記録がないということだ。

つまり、三番町交差点付近のどこかに潜伏している可能性が高いのだ。

そのあたりには、捜査本部からも捜査員が動員されているはずだ。地域課の協力も得ているだろう。

「川越捜査本部、ならびに機捜２３５。こちらは機捜２３１」

安永所長の声だ。

「機捜２３１。こちら川越。どうぞ」

「機捜２３１も現場に向かっています」

「川越、了解」

縞長が再びマイクを取った。

「機捜２３１。こちらは機捜２３５」

「シマさん。こっちはあと五分で現着よ」

「こちらは、間もなく現着。Ｎの話、聞きました？」

「聞いた。絶対に見つけるわよ」

「機捜２３５、了解しました」

交差点付近の路上に停車した。

「この近くのＮを最後に消えたということは……」

縞長が言った。「駐車場かどこかに車を駐めている可能性が高いですね」

「シマさん、車のナンバーを覚えてますね」

「もちろん」

縞長がナンバーを言い、高丸もそれを記憶した。

「走り回って、付近の駐車場を片っ端から当たりましょう」

「他の車にも連絡しておきましょう」

縞長は無線で、機捜231と警視932に、駐車場を当たっている旨を伝えた。

「機捜231了解。手分けしましょう。川越街道に沿って、三番町交差点の北側を私たち機捜231が担当する。機捜235は、南側を当たって」

「機捜235、了解しました」

「機捜231。こちら、警視932。我々は、三番町通りに沿って、交差点の西側を当たります」

三番町交差点から西側は駅に近い地域だ。

「警視932。こちら、機捜231。了解しました」

高丸は、カーナビに駐車場の情報を呼び出し、それを見ながら車を走らせた。

コインパーキングが多い。いくつか当たったが、すべて空振りだ。黒いハッチバックは見当たらない。

高丸は言った。

「安永所長や、大月に期待するしかないですかね……」

「……あるいは、川越署の捜査員や地域課に……」

「交差点付近に戻ります」

「はい」

そのとき、川越署の捜査本部から無線で連絡があった。

「各移動。菅原町七丁目のホテルに、誘拐の被疑者がいるという情報あり。ホテルの名は……」

駅の近くの大きなホテルだった。

縞長が応じた。

「機捜235。向かいます」

高丸は車をそのホテルに向けた。


高層の立派なホテルの前には、すでに所轄のパトカーや捜査車両が停まっていた。高丸が機捜235を停めると、西松が近寄ってくるのが見えた。

高丸と縞長は車を降りた。西松が言った。

「捜査員がこのホテルの駐車場で芳原の車を見つけた」

「ホテルの駐車場でしたか……」

高丸は言った。「それで……？」

「今、フロントで話を聞いている。どうやら、芳原は宿泊しているようだ」

そこに、機捜231と警視932が相次いで到着した。

安永所長と徳田班長が、そして大月と東原が、高丸たちのところにやってくる。

高丸は彼らに、今西松から聞いた話を伝えた。

安永所長が西松に尋ねた。

「大久保は？」

「まだ確認は取れていないが、芳原に連れがいたらしい」

「え……？　連れ？」

大月が言った。「誘拐だと思っていたけど、実はホテルにしけ込んでいたとか……？」

「ばか言ってんじゃないわよ」

安永所長が言った。「ホテルを監禁場所に使ったってことでしょう。大久保は部屋で監視されているのよ」

「あ、すいません……」

安永所長が西松に視線を戻して言った。

「……で、これからどうするの？」

「ここでは、警部の所長が一番立場が上です。指揮をお願いします」

「どんな態勢？」

「川越署の捜査員が自分を含めて四名、県警本部の捜査員が四名、あとはおたくら警視庁の面々です。川越署の捜査員一名と県警本部の捜査員一名がフロントで話を聞いています。あとは、ロビーに散って待機しています」

「わかった。とにかく、フロントで大久保の所在を確認する。高丸とシマさん、いっしょに来て」

西松が尋ねた。

「我々はどうします？」

「犯人確保に備えて、ここで待機していて。警視932の二人もね。徳田班長と連絡を取るから、彼の指示に従って」

「了解しました」

高丸と縞長は、安永所長に従い、玄関からホテルに入った。フロントで従業員と話をしている捜査員に、安永所長が声をかけた。

「警視庁第二機捜隊、安永」

「あ、どうも」

年上のほうが応じた。「県警本部、立石《たていし》です」

「芳原の様子はどうなの？」

「部屋から出た様子はないそうです。部屋から特に大きな物音とかは聞こえないらしいのですが……」

「チェックインはいつ？」

「今日の午後三時過ぎだそうです」

フロント係員が付け加えるように言った。

「三時からお部屋にご案内できますので……」

安永所長がそのフロント係員に尋ねた。

「連れがいたということですけど」

「はい。若い女性の方です」

安永所長がスマートフォンを取り出し、その画面をフロント係員に見せた。大久保の顔写真だ。

「それは、この人物？」

フロント係員は即座にこたえた。

「はい。この方です」

「芳原さんは顔見知りですか？」

「ええ。稲垣先生のパーティーなどで、宴会場のご予約をいただいたりといったお付き合いがございます」

「チェックインのときは、どんな様子でした？」

「緊張されているご様子でしたが、まあお連れ様がいらっしゃったので……」

「女性を連れているので緊張していると思ったのね？」

「ええ。まあ、そういうお客さまもいらっしゃいますから……」

「二人が争っている様子とかは？」

「いいえ。何事もなく部屋に向かわれた様子でした」

「部屋の鍵を貸していただけるかしら」

「それは……」

「令状を持ってこいとか言わないでよね。これ、誘拐事件なんです。芳原さんは被疑者なんですよ」

「え……？」

フロント係員は戸惑った様子だった。安永所長が県警本部の立石に尋ねた。

「まだ伝えてなかったの？」

「ええ。もう少し様子がわかってからと思いまして」

安永所長がフロント係員に言う。

「そういうわけだから、協力してください。部屋の鍵を開けるときに、立ち会っていただけるとありがたいです」

フロント係員は顔色を失っている。

「承知しました」

安永所長は立石に言った。

「確保するわよ。捜査員を集めて」

「了解しました」

立石がロビーにいた捜査員たちをフロントの前に集めた。皆気合いが入っている。彼らを見回してから安永所長が電話をかけた。相手は徳田班長らしい。

「これから部屋を訪ねる。犯人逃走に備えて、車両で待機して」

それから、高丸と縞長に言った。

「じゃあ、大久保を助けに行くわよ」


部屋は五階だった。ドアの両側に、川越署と県警本部の捜査員計八名が陣取った。

安永所長がドアのすぐ脇に立ち、その後ろに高丸と縞長が立った。

安永所長がドアをノックした。

「芳原直久さん、いらっしゃいますか？　ここを開けてください」

フロント係員が、合鍵のカードを持ち、捜査員たちの向こうに控えている。いざとなったら、彼の持つカードキーを使って突入するのだ。

捜査員たちの緊張が伝わってくる。もちろん高丸も緊張していた。だが、大久保を助けたいという気持ちのほうが強い。

突入という事態になったら、高丸は真っ先に飛び込む覚悟でいた。

安永所長がフロント係員に視線を向けた。

突入に備えるのだろう。

フロント係員が一歩前に出ようとしたとき、ドアの向こうから声がした。

「え？　誰ですか？」

安永所長がこたえた。

「ちょっと開けてもらえますか？」

「何です？」

安永所長が手を伸ばし、フロント係員からカードキーを受け取った。捜査員たちが身構える。

高丸と縞長も突入の用意をした。

「警視庁の安永という者です。芳原直久さんですね。お話をうかがいたいので、ドアを開けてください」

「え、警視庁……？」

安永所長がカードキーをドアノブの上のセンサーにかざそうとした。

ドアが開いたら突入だ。

解錠の音。

ドアが開く。

高丸が身を乗り出したとき、安永所長が拳を肩の上に掲げた。静止の合図だ。

高丸は動きを止めた。

捜査員たちも飛び出しかけて、たたらを踏むようにその場に留《とど》まった。

ドアはカードキーをセンサーにかざす前に開いた。安永所長が解錠したのではない。内側から開いたのだ。

ドアガードがかかった状態で、細い隙間ができ、そこから若い男が顔を覗かせている。

「警視庁ってどういうこと?」

「部屋の中に大久保実乃里がいますね?」

「大久保……? ああ、坂本大臣の秘書の人?」

「彼女の無事を確かめたいんです」

「いや、ちょっと待ってください」

「私を中に入れてください」

ドアが閉まった。

交渉を拒否されたか。高丸がそう思ったとき、今度は大きくドアが開いた。ドアをいったん閉じたのは、ドアガードを外すためだったようだ。

「無事を確かめたいって、無事に決まってるじゃないですか」

芳原がそう言ったとき、安永所長が声を上げた。

「確保」

高丸は部屋に飛び込んだ。目を丸くしている芳原に飛びつく。捜査員たちが次々に部屋に入ってきて、高丸とともに芳原を押さえつけた。

「ちょっと、何するんですか。痛いじゃないですか。あ、苦しい。やめてください」

制圧された芳原に対して、安永所長が言った。

「芳原直久。午後十時五十八分。略取・誘拐ならびに逮捕・監禁の罪で現行犯逮捕します」

「え……?」

押さえつけられたまま芳原が言った。「ちょっと待って。俺は言われたとおりにしただけで……」

「あら……」

その声に高丸は顔を上げた。目の前に大久保が立っていた。「早かったですね」

「大久保」

安永所長が言った。「だいじょうぶ? 怪我《けが》はない?」

「だいじょうぶです。でも、どうして所長がここに……?」

「おまえが誘拐されたと聞いて、飛んで来たんじゃない。何よその危機感のない顔」

「いやあ、実際にあんまり危機感がなかったので……」

県警本部の立石が安永所長に言った。

「被疑者の身柄、捜査本部に運びます」

「よろしく。我々もすぐに行きます」

川越署と県警本部の捜査員たちが芳原直久を連行していった。

安永所長が大久保に言った。

「芳原に変なことされてない？」

「あ、そういうのまったくないですから」

あっけらかんとした大久保の態度に、肩透かしを食らったような気分で高丸は言った。

「おまえ、簡単に逃げられたんじゃないの？」

「逃げるチャンスはありましたね」

大久保はあっさりと認めた。「やろうと思えば芳原を制圧できたかも」

「どうしてそうしなかったんだ？」

「付き合っていれば、いろいろと事情がわかると思ったんで」

「その事情とやらを聞こうじゃない」

安永所長が言った。「川越署の捜査本部に行きましょう」

23

捜査本部に戻ると、幹部席の葛木係長のもとに集まり、皆で大久保の話を聞いた。

大久保を囲んでいるのは、安永所長、徳田班長、西松、高丸、縞長の六人だ。

「まず、ホテルからの経緯を教えてくれ」

葛木係長が言うと、大久保がこたえた。

「朝、選挙事務所に行こうと、ホテルを出ました。道を歩いていると声をかけられたんです」

安永所長が確認するように尋ねた。

「芳原直久ね？」

「そうです」

高丸は尋ねた。

「名前を知っているのか？」

「ずっといっしょに車に乗っていたんだから、名前くらいは訊きますよ」

葛木係長が質問を続ける。

「無理やり車に押し込まれたわけじゃないんだな？」

「ええと……。そうじゃないですね」

大久保が言う。「芳原はこう言ったんです。坂本法相の秘書の方ですね？　自分は別の秘書の人に言われて、あなたを車に乗せるように言われました、と……」

「それで？」

「秘書というのは、北浦さんか中沢さんのことかと尋ねました。芳原のこたえは曖昧で、ただ秘書だと繰り返しました。私は、北浦さんが選挙事務所に行く芳原に、ついでに私を拾うように言ってくれたのだろうと思って、車に乗りました」

「それは、あまりにうかつじゃないか」

「今考えるとそうですね。でも、そのときは、特に疑問に思わなかったんです。選挙事務所に行こうとしているときでしたし……」

「車に乗ってからはどうしたんだ？　選挙事務所に向かわないことはすぐにわかったんだろ

う？」

「選挙事務所を通り過ぎたときに、どこに行くつもりか尋ねました。すると、芳原は、しばらく時間を潰す必要があると言ったんです。なぜかと尋ねると、それも秘書に言われたんだと……」

「乱暴なことはされなかったんだな？」

「一度だけ。無理やり携帯入りのポーチを取り上げられたときは、ちょっと乱暴でしたね」

「芳原はどんな様子だったんだ？」

「緊張している様子でしたね。秘書というのは、北浦さんのことかと重ねて尋ねると、別の秘書だとこたえました」

「秘書の名前は言わなかったんだな？」

「言いませんでした」

「それで、コンビニのトイレに『秘書』というメッセージを残したんだな？」

「はい」

安永所長が尋ねた。

「車に乗せられたのは、何時頃のこと？」

「午前七時にホテルを出ましたから、それから数分後のことです」

「携帯入りのポーチを取られたのは？」

「昼過ぎですね」

「その頃には、自分が拉致されたんだという自覚があったわけね？」

「そうですね。芳原はコンビニの中まで監視するためについてきましたから……」

「逃げるチャンスはあったと言ったわね?」

「そう思いました」

「制圧できたかもしれないとも言ったわね」

「はい」

「どうしてやらなかったの?」

「芳原の目的が知りたかったんです。そして、いっしょにいれば、彼が秘書と呼ぶ黒幕の正体もわかるんじゃないかと……」

葛木係長が言った。

「その秘書については、シマさんが突きとめてくれた」

縞長が言った。

「和泉奈緒子という議員秘書です。北浦さんを坂本法相に紹介した人物なんです」

「え? 本当に秘書だったんですね。でも、なんでその秘書が……」

葛木係長が言った。

「それは、東京の特捜本部が調べている」

「そうですか」

「ホテルにいたのはなぜだ?」

「車で走り回るのに疲れたんでしょう。芳原が、ホテルでおとなしくしてもらうと言って……」

安永所長が尋ねた。

「ホテルと聞いて、身の危険を感じなかったの?」

大久保はけろりとして言う。

「ぜんぜん」

葛木係長が訊いた。

「ホテルでは何をしていた？」

「何も……。ただ部屋にいただけです。私はテレビを見ていました」

「芳原はテレビをつけることを許したのか？」

「はい。自分もいっしょに見ていました」

部屋のドアを開けたとき、緊張感がなかったはずだ。

「芳原から何か聞き出したか？」

「どうして私を拘束するのかと尋ねたら、俺は命じられただけで、何も知らない。明日の午後五時を過ぎたら解放する、と……」

「明日の五時……」

葛木係長がつぶやくと、縞長が言った。

「岩淵真が選挙の応援に来る時間ですね。岩淵真が一曲歌うと、坂本法相は選挙違反に問われるということです」

葛木係長がうなずいた。

「和泉奈緒子は、坂本法相に選挙違反をやらせることが目的だったようだな。そのために、大久保を拘束して、岩淵真に歌わせるよう、ＳＮＳで指示をした……」

「選挙違反……？」

安永所長が言った。「どういうことかしら。殺害予告はどうなったの？」

葛木係長が言った。

「それも、特捜本部が調べてくれるだろう」

それからしばらくすると、芳原を取り調べていた捜査員が戻ってきた。警視庁特殊班と埼玉県警本部のペアだ。

特殊班の捜査員が葛木係長に報告した。

「芳原は、命令されて、一時的に坂本法相の秘書を拘束したと言っています」

葛木係長が尋ねる。

「誰に命令されたか言ったか？」

「はい。久坂孝夫《くさかたかお》の秘書だそうです」

「久坂孝夫って、衆議院議員だな？　その秘書の名は？」

「和泉奈緒子です」

「その供述内容を、特捜本部に知らせてくれ」

「了解しました」

それから、葛木係長は大久保に言った。

「今日はもう帰って休め」

「はい。明日からはどうしましょう？」

葛木係長が、安永所長を見た。

安永所長が言った。

「取りあえず、事の真相がすべて明らかになるまで、今までどおり秘書として選挙事務所にいて」

「わかりました。じゃあ、明日も午前七時半から選挙事務所に行きます」

安永所長は視線を高丸と縞長に移して言った。

「機捜２３５で大久保をホテルまで送ってくれる？　その後は寮に戻っていい」

高丸はこたえた。

「了解しました」

高丸と縞長は、大久保を連れて川越署の駐車場にやってきた。三人は機捜２３５に乗り込む。

時計を見ると日付が変わろうとしている。高丸は後部座席の大久保に尋ねた。

「ホテルに直行でいいな？」

「はい」

車を出すと、縞長が言った。

「ちょっと訊いていいですか？」

大久保が聞き返した。

「何ですか？」

「芳原とはどんな話をしたんです？」

「あんまり話をしなかったなあ……。なんせ私、誘拐されてたわけでしょう？」

高丸は言った。

「誘拐されていたって自覚、あんまりなさそうだな」

「そうですね。怖い思いをしたわけじゃないですし……」

縞長が言う。

「ほら、大久保さんって、誰からも内緒の話を聞き出すじゃないですか」

「そう言えば、芳原、国政に出るときには、その秘書に面倒を見てもらうんだと言っていました」

「和泉奈緒子に？」

「そうですね」

「きっと実力のある政治家秘書さんなんでしょうね」

高丸は言った。

「どうして、坂本法相に選挙違反をさせようなんて考えたんだろう」

「あ、それはですね、その秘書が昔、坂本法相にかなりひどい仕打ちをされたんだそうですよ」

「えっ」

高丸は驚いた。「そんな話を知ってるのか？」

「運転している間に、芳原が勝手にしゃべっていました」

「……で、どんなひどい仕打ちだったんだろう」

「ちょっとしたミスでひどく叱られた上に、クビになったんだとか……。もっとも、彼女は秘書としてあまり経験のない頃だったということですが……」

「へえ……。クビかあ……」

「その秘書、つまり、和泉奈緒子ですか？　彼女はそれからしばらく仕事がなくて、ずいぶん苦労したそうです」

「それをずっと怨みに思っていたということか……」

高丸の言葉に、縞長がうなずいた。

「政治家が選挙に落ちるというのは一大事でしょう。しかも選挙違反となると面子《メンツ》は丸つぶれですね。和泉奈緒子はそれを狙ったのでしょうね」

大久保が言った。

「じゃあ、殺害予告はどうなったの？」

「葛木係長が言っただろう。それは特捜本部が調べてくれているって」

高丸がそう言ったとき、車がホテルに着いた。


翌、五月二十三日木曜日の朝十時。

高丸と縞長は、表に機捜235を駐めて、選挙事務所に顔を出した。大久保や坂本法相の姿がない。スタッフに尋ねると、選挙カーで外回りに出ているという。

SPや警視932もいっしょだろう。

「あ、高丸にシマさん」

安永所長が言った。「じゃあ、私と徳田班長は引きあげるわね」

高丸は言った。

「渋谷分駐所ですか？」

「そうよ。他に帰るところがある？」

「自分らはどうしましょう?」

「あなたたちの任務は大久保に張り付いていること。それは変わらない。大久保がこっちにいる間は、いっしょにいて」

「了解しました」

安永所長と徳田班長は、機捜231で東京に帰った。

それからほどなく、特殊班の遠藤と川越署の西松がやってきて高丸たちに告げた。

「葛木係長からの指示だ。木田と松下から話を聞いてくれということだ」

四人は、昨日打ち合わせたとおり、まず木田から話を聞くことにした。

椅円形のテーブルに座ると、遠藤が木田に尋ねた。

「SNSで、坂本法相に殺害予告があったことはご存じですね?」

「はい」

木田は怪訝そうな顔だ。

「それについて、何か心当たりはありませんか?」

「心当たり? そういう訊き方をするということは、私に何か疑いを持っているということですね?」

彼は元刑事だ。ごまかしはきかないだろう。遠藤もそう判断した様子だ。

「あなたは、亡くなった深田正人さんと親しかったのですね」

遠藤は言った。そして、そのことで司法のあり方に不満を持っているのではないか。そして、その責任が法務大臣にあると考えているのではないか。自分たちはそう考えていると説明した。

「司法のあり方に不満？　それはずいぶん飛躍した考えですね」

「事実あなたは、坂本法相に対する抗議活動に参加されていましたね？　そのあなたが坂本法相の選挙事務所でボランティアをするというのはどういうことでしょう？」

「期待しているからですよ」

「期待？」

「ええ。私は坂本玄という政治家に期待をしています。これは嘘《うそ》じゃない。深田さんのことは本当に悔しかったし、司法制度に不満があるのは事実です。でもそれとこれとは別問題です。私は本気で、坂本玄を応援しているんです」

「抗議活動に参加されたのはなぜです？」

「元警察官の血が騒ぎましてね。抗議者たちがはずみで過激化したりしないか、監視していたんです」

「ああ、そう言えば……」

西松が言った。「俺たちが出動すると、協力してくれたっけね」

「協力……？」

遠藤が聞き返す。

「ああ。騒音について注意などをしたときに、反発する参加者なんかをなだめてくれたんだ」

「じゃあ……」

遠藤は改めて木田に尋ねた。「坂本法相に怨みを持っているわけじゃないんですね？」

「持っていません。ＳＮＳの書き込みとは無関係ですよ」

遠藤は西松と顔を見合わせた。それから、木田に言った。

「どうも、お時間をいただき、ありがとうございました」

すると木田が言った。

「私を疑うのは見当違いですよ」

遠藤が言った。

「見当違いだと思っても話は聞かなければならないのです」

木田は肩をすくめた。

「そうでしょうね。私も元刑事だから、あなた方の立場は理解できますよ」

木田がテーブルから離れていった。

遠藤が西松に言った。

「抗議活動のときに協力してくれたなんて、初耳だぞ。もっと早く言ってくれよ」

「言うチャンスがなかったんでな」

高丸は、松下を呼んできて、木田がいた席に座らせた。

松下は木田よりはるかに緊張した様子だ。

「話って何でしょう?」

遠藤は、先ほどとまったく同じ言葉で質問を始めた。

「SNSで、坂本法相に殺害予告があったことはご存じですね?」

それからのやり取りは、木田のときとほぼ同じだった。

遠藤は、出入国管理のあり方について、何か国に対して不満があるのではないかと質問し、松下はぽかんとした顔でそれを否定した。

「外国人の扱いについて、改めなければならないことはたくさんあります。しかしそれは、辛抱強く、手続きを踏んで要求していかなければならない問題です」

「坂本法相に怨みはありませんか？」

「法務大臣だけでどうこうできる問題じゃありません。怨みなんかありませんよ。あったら、選挙を手伝いになんか来ません」

どうやらこちらも、嘘は言っていないようだ。

遠藤は西松や高丸たちに「何か質問は」と尋ねた。

誰も質問をしようとしないので、遠藤は礼を言って松下を解放した。

遠藤が言った。

「二人は殺害予告に関与していないということでいいね？」

西松は言った。

「最初からあの二人は被疑者じゃないよ。ただの参考人だ」

すると、縞長が言った。

「疑いを晴らしていくことも大切ですよね。消去法ですよ」

西松が言った。

「ま、そういうことだな」

「あとは、北浦と中沢の二人の秘書だが」

それに対して縞長が言った。

「それは、和泉奈緒子についての、特捜本部からの報告があってからでいいんじゃないですか」

それからほどなく、高丸は葛木係長から電話で、川越署の捜査本部に来るように言われた。

それを伝えると、遠藤と西松も「捜査本部に向かう」と言った。

すぐに縞長とともに機捜235に乗り込んだ。捜査本部に到着した高丸たちに、葛木係長は言った。

「特捜本部から、いくつか報告があった」

その場には、高丸、縞長、遠藤、西松の四人が顔をそろえている。葛木係長の言葉が続いた。

「和泉奈緒子が、坂本法相の新人秘書、つまり大久保を拉致するように指示したことを自白した」

遠藤が質問した。

「SNSで、岩淵真を呼んで歌わせるようにと要求したのも和泉奈緒子ですか?」

「そうだ」

縞長がしみじみと言った。

「坂本法相が選挙違反をするように仕向けたわけですね。政治家秘書らしい発想です」

遠藤がさらに質問する。

「殺害予告も和泉奈緒子の仕業ですか?」

「いや、それはまったくの別人だ。プロバイダとサイバー犯罪対策課が協力して、殺害予告を書き込んだ人物を特定した。調べによると、この人物は坂本法相とは何の関係もなく、書き込みはただのいたずらだったということだ」

　西松が思案顔で尋ねた。

「それと和泉奈緒子とどういう関係が……？」

「いたずらの殺害予告を、和泉奈緒子が利用したわけだ。予告犯になりすまして坂本法相を脅迫しようとした」

　高丸は言った。

「殺害を予告した犯人のふりをして、大久保を誘拐した上で、選挙違反をするように強要したということですね」

「そうだ」

　葛木係長がうなずいた。「和泉奈緒子は、個人的に坂本法相を怨んでいたらしい」

　縞長が言った。

「あ、それ、大久保から聞きました。何でも若い頃に、ちょっとしたことで坂本法相にひどく叱られ、クビになったことがあったそうですね」

「え？」

　遠藤が言った。「大久保はどこでそんなことを……」

「芳原から聞き出したらしいですよ。大久保さんにはそういう能力があるんです」

「なるほど」

　葛木係長が言った。「その能力は実に興味深いな」

24

「じゃあ、殺害予告の件も、大久保君の誘拐の件も、岩淵真の件も、すべて片づいたということだな」

高丸、縞長、遠藤、西松の四人が選挙事務所に戻り、外回りから戻っていた坂本法相に経緯を伝えると、彼はそう言った。

遠藤が尋ねた。

「和泉奈緒子は、大臣のもとで秘書をやっていたことがあるんですね?」

「ああ。ごく短期間だがね……。突然辞めたんでどうしたんだろうと思っていた」

「本人はクビになったと言っているようですが」

「クビにした記憶はないなあ。何か誤解があったんだと思う」

縞長が言った。

「その誤解から、彼女はずっと大臣への怨みを募らせていたようですね」

坂本大臣は溜《た》め息をついた。

「人間、どこで怨みを買うかわからない。肝に銘じておこう」

「え、ちょっと待って……」

脇で話を聞いていた北浦が言った。「私、和泉さんに紹介されて大臣の秘書になったのよ。それ以降も、普通に会っていたし……」

　縞長が言う。

「それも計画の一部だったのかもしれませんね。怨みを晴らすための……」

「スパイとして送り込まれたってこと？　そうとは知らず、普通に坂本の情報をばんばん教えていたわよ」

　坂本法相が肩をすくめた。

「そりゃまあ、しょうがないだろう」

　中沢が言った。

「一時期、北浦さんも疑われていたようだが、スパイじゃそれも仕方がないなあ」

　北浦が言い返す。

「あら、中沢さんだって疑われていたみたいですよ」

「え？　俺も……？」

　中沢が警察官たちを見た。

　縞長がこたえた。

「ええ、実は……。処遇に不満を持っていて、坂本法相を怨んでいるかもしれないと……」

「処遇に不満……？」

「最近は大臣がどこに行くにも、北浦さんがごいっしょうかがいました。政策秘書の座を、北浦さんに奪われるかもしれないと恐れているのではないかと考えたのです」

「ばかばかしい……。政策秘書の座なんぞ、いつでもくれてやる。さっさと奪ってほしいよ」

北浦が言った。

「私が中沢さんにかなうわけない」

すると、中沢が北浦に言った。

「いつまでもそんなこと言ってるんじゃないよ。俺はもう年なんだから、君があとを継いで、早く引退させてくれ」

「おい」

坂本法相が中沢に言う。「勝手にそういうことを決めるな。辞められるなんて思うなよ」

「とにかく……」

遠藤が言った。「殺害予告がいたずらだったとわかったので、我々は引きあげることにします」

坂本法相が応じた。

「わかった。ご苦労だったな。これで、選挙戦に専念できるな」

中沢が言った。

「じゃあ、今日の五時の街頭演説は予定どおりだな。岩淵真に来てもらう。ただし、歌はなしだ」

坂本法相がうなずいた。

「ああ、それでいい」

遠藤たち特殊班は、前線本部のマイクロバスに乗り込み、東京に向けて出発した。

西松が高丸と縞長に言った。

「おたくらはどうするの？」

高丸はこたえた。

「大久保がこっちにいる限り、張り付いていなければなりません」

「でも、大久保ももう用事はないはずだ」

「そうなんですがね……」

縞長がこたえた。「なんだか、選挙が気に入ったようで、午後五時の街頭演説までこっちにいると言ってるんです」

西松が笑った。

「なら、あんたらも付き合わないとな……」


午後五時二十分前に、坂本法相とスタッフが選挙カーに乗り込んだ。秘書の中沢と北浦、SPたち、そして大久保もいっしょだった。

選挙カーのすぐあとを警視932が追った。さらにその後ろに、高丸と縞長が乗った機捜235が続く。

JR川越駅前の広場にやってくると、選挙カーはあらかじめスタッフが場所取りをしていたスペースに駐車した。

警視932と機捜235も、なんとか駐車スペースを見つけた。

坂本陣営カラーのブレザーを着ている高丸と縞長は、車を降りて選挙カーに近づいた。万が一ということがあるので、大月や東原とともに警戒に当たるのだ。

警戒は、岩淵真のためでもある。

その岩淵真は、午後五時ちょうどに、大型のワンボックスカーでやってきた。車を降りるとすぐに選挙カーに乗り込んだ。

やがて、坂本法相の演説が始まる。人の流れが滞りはじめ、いつしか選挙カーの周囲に聴衆が集まっていた。

短めの挨拶のあと、坂本法相が言った。

「今日は、私のために友人が応援に駆けつけてくれました。歌手の岩淵真君です」

そして、選挙カーのルーフに岩淵真が姿を現す。聴衆が声を上げた。

岩淵真が言った。

「歌えって？　今日は大人の事情で歌えないの。だけど、坂本玄、よろしくね」

選挙カー周辺の聴衆はますます増えていく。

高丸は縞長に言った。

「すごい盛り上がりですね」

「当選してほしいですね」

再び坂本玄がマイクを握り、選挙演説を始めた。その横で、岩淵真が手を振る。選挙戦はまだまだ続く。

選挙カーに立つ坂本玄を見上げ、高丸は縞長の言葉を繰り返していた。

「当選してほしいですね」

「え？　帰るの？　選挙戦が終わるまでいてくれるんじゃないの？」

安永所長に報告の電話を入れたら帰投するように言われたので、挨拶に行くと、坂本法相がそう言った。

高丸はこたえた。

「自分らはあくまで、大臣の殺害予告に係る特捜本部の指示で参りましたので……」

「事件が解決したら、もう俺に用はないということか」

実際そうなのだが、そのとおりだとは言えない。言い淀《よど》んでいると、坂本法相は破顔した。

「冗談だよ。ご苦労だった。来てくれたことに感謝する。君たちがいてくれて心強かったよ」

「恐縮です」

「大久保君も帰るの?」

高丸と縞長の背後にいた大久保がこたえた。

「はい。いっしょに戻ります」

「大久保君だけでも残ってもらえないかなあ」

「あ、実は私も残りたいのですが……」

高丸は言った。

「東京での任務がありますので、そういうわけには……」

「そうかあ……。まだ選挙戦は続くから、手が空いたらまた手伝いに来てくれ」

大久保が言った。

「はい。時間ができたら、また来ます」

北浦が言った。

「あなた、本当に秘書にならない？　向いてると思うわよ」

するとで中沢が言った。

「ああ、来てくれたら、北浦が第一秘書になって、俺はようやく引退できるかもしれない」

坂本法相が言った。

「だから、おまえは辞めさせないと言ってるだろう。大久保君が来てくれたら、三人態勢でやってもらうさ」

事務所を出ると、機捜235のそばに西松が立っていた。

高丸は頭を下げた。

「いろいろとお世話になりました」

「また、川越に来たときには署に寄ってよ」

「ありがとうございます」

「なんかさ、シマさん見てると、希望が湧いてくるよ」

縞長が目を丸くする。

「そうですか？」

「ああ。その年で機捜やってんだからな。俺も頑張らなきゃって気持ちになるよ」

「それ、あんまり褒められてませんね……」

「そんなことないさ。機捜の仕事、気に入ってるんだろう？」

「ええ、もちろんです」

「だったら胸張ってくれよ」

「はい」

それから西松は大久保に言った。

「お嬢、またな」

「はい、またいつか」

「警視庁が嫌になったら、いつでも埼玉県警に来いよ」

「そうします」

こいつ、何も考えてないな。高丸は大久保の返事を聞いてそう思っていた。

高丸たちは地方公務員だから、警視庁を辞めて埼玉県警に入るということは、また警察学校からやり直すことになるのだ。

そこに、大月と東原がやってきた。

「おう、高丸。東京に戻るんだな？」

「おまえたちは？」

「選挙が終わるまで、こっちにいる。ＳＰの応援だ」

「そうか。警備部本来の仕事だな」

大月が縞長に言った。

「東京に戻ったら、また密行のやり方など教えてください」

「こちらこそ、よろしくお願いします」

高丸は、機捜２３５の運転席に乗り込んだ。縞長が助手席、大久保は後部座席だ。

「では、出発します」

西松、大月、東原に見送られ、機捜235は、選挙事務所を離れた。

出発してほどなく、大久保が声をかけてきた。

「あの……」

高丸はこたえた。

「何だ？」

「運転させてくれませんか？」

「え……？　231では運転するのか？」

「いえ。助手席専門です。だから、運転したいんです」

「いやあ、それは……」

すると、縞長が言った。

「機捜235の運転席は高丸さんのものなんですよ。私も運転したことがありません」

大久保が言った。

「えっ。そうなんですか？」

「それぞれに持ち場があるんですよ。大久保さんは助手席で無線を使っていい仕事をしたそうじゃないですか」

「無線で指揮するのとか、わりと好きですよ」

「へえ……」

高丸は言った。「俺は苦手だな。段取りを考えているうちに、どんどん無線が入ってわからなくなってくる。情報の整理がうまくできないんだ」

「ですから……」

縞長が言う。「みんな得手不得手があるんです」

「シマさんは、捜査本部が苦手ですしね」

「あ、そうなんだ？」

大久保が言う。「シマさん、何でもできそうなのに……」

「所轄の刑事時代にいろいろあったらしいよ。特殊班に増田ってのがいてさ……」

「高丸さん。その話はいいですよ」

「あ……」

縞長に言われて気づいた。余計なことまでしゃべりそうになった。「これが、大久保マジックか……」

「ですね」

「私は別に特別なことはしてませんよ」

縞長が言った。

「だからマジックなんですよ」

午後七時二十分頃に渋谷署に着き、高丸たち三人はそのまま分駐所に顔を出した。

「あ、ようやく帰って来た」

高丸たちを見ると、安永所長が言った。「とにかく大久保が無事でよかった。今、シフトがめちゃくちゃだから、明日から正常に戻すわよ」

大久保がこたえた。

「はい。ご心配をおかけしました」

「明日の第一当番が機捜２３１だから、大久保には朝から働いてもらうわよ」

「了解しました」

「機捜２３５は非番になるけど、いろいろと仕事が溜まっているから出勤してよね」

高丸と縞長は「はい」とこたえた。


翌日は、安永所長が言ったとおり、大久保たち機捜２３１が朝から密行に出ていた。非番の高丸たちも分駐所に詰めて、書類仕事などをこなしていた。

夕方、大久保たちが戻って来てしばらくすると、分駐所に特殊班の葛木係長がやってきた。

安永所長が言った。

「あら、川越ではお疲れ様でした」

「機捜が協力してくれたので、無事に事件も解決した」

「結局、法相の殺害予告はいたずらだったんでしょう？」

「ああ。しかし、そのいたずらを利用して、法相に選挙違反をやらせようと企てた者がいたわけだ。その計画を未然に防げた。機捜のおかげだ。特に大久保の尽力は大きかった」

高丸は大久保を見た。彼女は、どこか他人事のような顔をしている。

「拉致されながらも、事件の黒幕を突きとめようとしたんですからね」

安永所長が言った。「これ、表彰ものよね」

「表彰はできないが、俺からお礼を言わせてもらう」

大久保は、慌てた様子でぺこりと頭を下げた。

安永所長が言う。

「お礼を言うためだけに来たわけじゃなさそうね。何か言いたいことがあるんでしょう?」

葛木係長が言った。

「もし本人が希望するなら、特殊班に引っぱろうかと思うのだが……」

そうなれば大久保は、晴れて警視庁捜査一課所属ということになる。

「引っぱるって、特殊班に異動させるってこと?」

「俺に人事権はないから、そのように働きかけるというだけのことだが……」

安永所長が大久保に言った。

「どうする?」

「はあ……」

「特殊班を希望していたのよね?」

「何となくそう思っていたこともありますが……」

「これ、またとないチャンスよ。ただし……」

安永所長の言葉に、葛木係長が聞き返す。

「ただし?」

「大久保を渡したくない。今はまだ、ね」

葛木係長は怪訝そうに言った。

「大久保を俺に薦めたのは、他でもないあなただったはずだ」

「今回の働きを見るにつけ、惜しくなったの」

「勝手なことを……」

「でも、こういうことは本人次第よね。大久保が特殊班に行きたいというのなら、私は止めない」

するとと大久保が言った。

「私、機捜にいたいです」

葛木係長が大久保を見た。大久保はひるむ様子もなく言った。「そして、機捜２３１のハンドルを握りたいです」

安永所長が葛木係長に言った。

「……ということで、しばらくはうちで預かりたい」

葛木係長は、ふっと笑みを浮かべて言った。

「わかった。俺は待つことにする」

「あら、諦めがいいのね？」

「諦めたわけじゃない。待つと言ったんだ。それほど長くは待たずに済むんじゃないかと期待している。では、俺はこれで……」

彼は、安永所長に礼をすると分駐所を出ていった。

高丸は大久保に言った。

「捜査一課を蹴ってよかったのか?」

大久保はけろりとした顔で言った。

「いつかは行けますよ。でも今は機捜２３１の運転をしたいんです」

安永所長が笑った。

「こいつ、やっぱり大物だわ」

・初出　小説宝石二〇二三年七月号〜二〇二四年五月号

今野　敏（こんの・びん）

1955年、北海道生まれ。'78年「怪物が街にやってくる」で第4回問題小説新人賞を受賞。2006年『隠蔽捜査』で第27回吉川英治文学新人賞、'08年『果断 隠蔽捜査2』で第21回山本周五郎賞、第61回日本推理作家協会賞をダブル受賞。'17年「隠蔽捜査」シリーズで第2回吉川英治文庫賞を受賞。'23年、第27回日本ミステリー文学大賞を受賞。著書多数。

昇《しよう》華《か》　機《き》捜《そう》235

2024年12月30日　初版1刷発行

著　者　今野《こんの》　敏《びん》

発行者　三宅貴久

発行所　株式会社 光文社

〒112-8011　東京都文京区音羽1-16-6

電話　編　集　部　03-5395-8254

書籍販売部　03-5395-8116

制　作　部　03-5395-8125

URL　光　文　社　https://www.kobunsha.com/

組　版　萩原印刷

印刷所　萩原印刷

製本所　ナショナル製本

ISBN978-4-334-10512-9